南京先生

赖继 著

天津出版传媒集团

百花文艺出版社

图书在版编目（CIP）数据

南京先生 / 赖继著. -- 天津：百花文艺出版社，
2025. 1. -- ISBN 978-7-5306-8930-1

Ⅰ. I247.5

中国国家版本馆 CIP 数据核字第 2024M4L575 号

南京先生
NANJING XIANSHENG
赖继 著

出 版 人：薛印胜　　　选题策划：徐福伟
责任编辑：孙　艳　　　特约编辑：赵文博
装帧设计：任　彦
出版发行：百花文艺出版社
地址：天津市和平区西康路 35 号　　邮编：300051
电话传真：+86-22-23332651（发行部）
　　　　　+86-22-23332656（总编室）
　　　　　+86-22-23332478（邮购部）
网址：http://www.baihuawenyi.com
印刷：山东临沂新华印刷物流集团有限责任公司
开本：900 毫米×1300 毫米　　1/32
字数：137 千字
印张：7.25
版次：2025 年 1 月第 1 版
印次：2025 年 1 月第 1 次印刷
定价：58.00元

如有印装质量问题,请与山东临沂新华印刷物流集团有限
责任公司联系调换
地址：山东省临沂市高新技术产业开发区新华路 1 号
电话：(0539)2925886
邮编：276017

南京的先生们有情有义，对我有恩，我
敬写一部书。

这是我目前最用心的书写。

序就是秦淮新河边的酒。

一

　　刚刚下过雪的南京城很安静，从浦口到乌衣的铁路轨道已经铺满了厚厚的雪。高云山带着部队正卧在离铁轨稍远的地方，他的视线落在铁轨远处。那里天地之间一片银素，各自倔强的树枝被沉重的气候压弯乃至压断，长天不见放晴日，厚厚的雪色如同积重的尘土，灰蒙蒙、沉甸甸，压得万物喘不过气。高云山记得自己过去也曾从南京城里跑出来，到铁轨上遛遛。那个时候的铁路像是连接着过去与未来，而此刻的铁轨像是两道被施了法的符咒，霸道而蛮横地切开了天地两极，砍翻了万事万物，空气里仿佛没有一丝活气。对于这一年的中国人来说，日子岂不是和这严酷的天气一模一样吗？

　　年纪轻轻的高云山有着进步青年的斯文，又有着军人的刚毅，这两种气质在他身上得到了很好的融合。他读过书，加入地下党组织，又辗转上了前线。他留在这里作战，因为他热爱这片土地。

　　高云山知道自己的任务，他早早地安排了人手，把炸药包藏到了轨道的枕木之间，用草席盖住。一个远程的电发火装置从地下通往了轨道的远处。这恶劣到不见物事的天气，正好给他们做了天然的掩护。

在这条铁轨上，每当有列车风驰电掣而来，寂静如死水的天地间像拉响了巨大风鼓，阵风吹得两旁的树枝瑟瑟发抖，像极了一个正在受刑的人，正经历着痛苦、惧怕、恐慌，当然，还有极致的疼痛与颤抖。

津浦线是连接华东和华北的大动脉，落入日军控制之后，既是占领日军的补给线，又是资源掠夺线。

日军在滁州一带的混成旅部队正等待着这一趟列车运送的军火。高云山的任务，则是在这段铁路上袭击它，截断它，乃至缴获它！

按时间计算，列车就要来了，高云山做了一个手势，手握电发火装置的战友对他示以坚定的眼神，一切准备就绪，就等高云山发出一个行动信号。战友叫鲁川江，他隐蔽得很好，完全与周围环境融为了一体。他棱角分明的脸部轮廓像是被冰雪雕刻出一般，浑身上下透出一种坚定的信念。稳，必须稳，他的手必须稳，他的心也必须稳。每次作战，鲁川江都必须把自己调整到最稳定的状态，面对飞驰而来的列车，他必须掐准一个关键时机，让炸药稳稳地起爆。如果列车还没跑到爆炸点就引爆，那么敌人就会警觉并采取补救措施，如果列车车头已经跑过了爆炸点，那么对车头的打击力度将会大打折扣。

南京先生

鲁川江和高云山合作过很多次了,因为这一次的任务非同小可,所以他比之前计划得更加周密,更加谨慎。在行动前,他和高云山对引爆设备反复验证,确保引爆的时间和效果,又对炸药的填量进行了充分的计算,确定这样的装置足以颠覆正在奔驰的车头,从而引发后续车厢如火龙般翻出轨道。鲁川江看了看隐蔽在一侧、如临大敌的高云山。

　　高云山额上居然滴下了一颗晶莹剔透的汗珠,汗珠顺着高云山的脸庞滑落,中途就不见了。也不知道是被风吹走了,还是被冻成水珠掉落了。

　　高云山看着鲁川江,树杈上的冰枝垂落,打在他的手上,他的手微微抖了一下,旋又迅速镇定下来。鲁川江比高云山小两岁,但却比高云山成熟老练得多,他向来沉稳,毅力过人,别说树枝垂落砸手,就是子弹打穿手掌,他也能咬着牙不晃动。

　　随行的其他战友默不作声,空气里充满了紧张。在列车经过引爆点之前,如果有任何一人暴露,任务可能就彻底失败了。

　　鲁川江和高云山盯着南京方向,两条轨道若隐若现,懒散地伸展向了远方。他二人定了定神,皆是一样的念想,等到那趟罪恶的列车驰过之时,一声令下,炸药一响,轰——把这些军火都掀翻,给战场上的同志留出时间,创造机会!

　　不知不觉,雪好像又开始下了,能见度逐渐降低。

时间已经近了。

远处出现了一个小黑点,冒着热气,在高云山和鲁川江的眼里,这个铁乌色的黑点正逐渐变大,列车来了。

高云山看了看天空,又看了看正在视线里变大的黑点,他瞪大了眼睛,仿佛看着猎物即将落入设好的陷阱。鲁川江已经把手按在了起爆设施上,快,老高,给我信号。

高云山内心有点兴奋,猎物终于来了,他可是给上级立下了军令状,不成功就提头来见。一切布置妥当,一切验证完备,只需要一声令下,手到擒来!蓦地,他发现了列车上的异样。车顶有两个活物——是两个人!

列车顶上怎么会有两个人?高云山目力过人,他定了定神,用力闭了一下眼睛,睁开,他确确实实看见了列车顶上趴着两个小孩儿!小孩儿裹着不厚的棉衣,棉衣有些破烂,脸上全是油污,明显是两名小乞儿。

这两个小孩儿是哪里来的?高云山脑袋嗡了一下,这是什么情况?

怎么办?怎么办?列车越发近了,还炸不炸?

鲁川江向他招手,示意他快呀,给信号,炸!高云山身旁的一名战士用力握住了他的手,小声道:"高队,怎么办?"

高云山内心一阵江海翻涌,他也在问自己,怎么办?炸不炸?

身旁战友小声说:"高队,您立了军令状!"高云山猛地从

南京先生

混乱的思绪中挣扎出来。必须炸！如果不炸，敌人就会得到这批军火。军令如山，事关前方战事，不能有妇人之仁，牺牲在所难免！

列车就要进入安全起爆区域了，高云山举起了手……这是和鲁川江约好的信号。

这时，其中一个小孩抬起了头，在这个行进的距离里，高云山看到这小孩约莫十五岁上下，他的脸被冻得裂开，眼睛耳朵都冻得通红，他一手抓住车顶的焊铁环臂，一手抓住旁边的同伴，生怕他掉下车顶。

高云山见状浑身一颤，天地间的雪下得有些残酷，树枝被压断一片。他发现自己手在抖。远处列车驰来，高云山闭上了眼睛。

见了鬼了，这两个从天而降的乞儿到底是干什么的！

二

顾阿四今年十五岁，是城西郊出了名的小邋遢、乞丐王。他和一众伙伴长年流落浦口车站附近混吃，有时候做点杂工，有时候靠来往的乘客赏饭。在大雪压城之前，他和一众顽童在村子里打赌，赌的内容匪夷所思。

今天大家打赌的内容，是顾阿四到底能不能爬上城墙。

顾阿四不屑，这有何难？他顾阿四自小拜了一个好师父，学了个绝活，有一手高超的攀爬技艺，平日里南京城外光溜溜的明城墙，他不费吹灰之力就上去了。今时不同往日，这城墙下过雪后，已经不一样了。

大雪压城的第一天，城墙变得异常湿滑，一半冰碴、一半雪水把历史的灰砖重新刷洗了一遍。两只松鼠衔着果子正从城北端的一头往西而去，可爱的小家伙在城墙转角处发生意外，嘴巴里衔的果子掉了，小家伙为了去追果子，失足也往墙外滑了出去，只听两声一前一后的轻响，墙角的积雪堆便起了两个圆圆的雪洞，这下坠力可不小。

顾阿四和小伙伴们在墙下目睹了这一幕，这么冷的天，连松鼠都过得如此艰难，何况人？

顾阿四甩了甩手，晃了晃膀子，理了理衣服，这城墙他悄悄爬过很多回，在大雪之下尚属首次，牛已经吹过了，不上也得上。他上前一步，用脚尖先轻轻蹭了蹭城墙的砖面，确实很滑，比平日的难度不知高了多少倍。小伙伴里有人揶揄他："顾大头，你敢不敢啊？这绝活失灵了吗？"顾阿四斜他一眼："我师父教的绝活，只说'三不干'，就没说过会失灵！"

顾阿四的这绝活，源自来安县流落过来的一名老乞丐。此人长年风餐露宿，在夜间为防野兽，便试图爬往高处夜栖，久而久之练就一身爬墙之术，再高再陡的地方，端的是如履平地。他来南京的第一天，撞见顾阿四讨饭不成正在挨打，他

南京先生

拎起顾阿四,腾空就爬上了城墙,把他解救出来。

师徒缘分是如何结下的,这不为外人知道,老乞丐过世前不久,汪伪政府建立,南京已经成了日本人的南京。有人劝他出走,凭着一身本领,怎么也能逃出困城,别处好活去!老乞丐看着南京城墙,走,走哪里去? 出了这个墙,哪里都一样。何处不是水深火热? 他走不动了,翻了一辈子的墙,知道自己翻不过的坎到了,他把顾阿四拉到身边,顾阿四问师父还有啥心愿。师父说:"徒弟,你陪我去西善桥牛首山看看。"

南京城西善桥的牛首山,因为山顶突出的双峰恰似牛头双角而得名,此处自唐以来便为佛教三大名山之一,与西北之西凉、西南之峨眉并称三大道场。师徒二人登山那天,骤见东峰西峰之间起了一道烟岚,山间云雾缭绕,弥漫山谷,继而日出彩霞,如佛光普照。师父自知天命已到,给顾阿四交代了"三不干",说:"学会了师父的飞檐术,得有'三不干',是哪'三不干'? 偷鸡的事不干,赌钱的事不干,没有骨气的事不干。"

师父咽气后,顾阿四身在行乞群中,赌钱的事是少不了,至于偷鸡摸狗的事……他确实也翻墙偷过东西! 可那是因为太饿了啊,跟着自己的小孩们也饿。不偷能怎么办呢?

今天又要赌钱,对手是城东的顽童伙,只要赌赢了,自己手下的四五个小孩就有钱吃饭了。玄武湖旁边的老乔包子铺,热腾腾的包子已经在飘着香。那香味让顾阿四彻底把师父的"三不干"忘了。顾阿四有个手下叫罗阿三,罗阿三有个妹妹叫小丫蛋。这小姑娘几天没吃过好饭了,前天小丫蛋跟着顾阿四从老乔包子铺走过的时候,眼睛直勾勾地看着蒸笼,根本移不动脚步。顾阿四看了一眼远处灯火通明的大世界,那里正在莺歌燕舞,门外的黄包车流动如织,所谓名流和日本人正在觥筹交错。一条青石板路仿佛把南京城劈成两个世界。

必须赌,必须赢,这下过雪的城墙,有什么难的。于是顽童们和乞儿们扎堆到了一处老城墙处——此处荒置已久,属于没人照看的角落。

顾阿四长吸一口气,伸脚蹬上了湿滑的砖墙,他一纵身,向墙上跃出,双手试图抠住墙砖的缝隙,嘶的一声,他身子猛地向下滑。墙下发出嘈杂声,有的笑,有的吹哨,有的鼓劲儿……这可不能丢人,顾阿四面色涨得通红,他腰上一发力,伸手抓住了一块墙砖微微突出的部分,随即气聚脚尖,快速在墙面点行,顷刻便登上了墙头。

"好!"墙下的伙伴喊出了声,赢了!顾阿四在墙头大口喘气,手指冻得发红,他得意扬扬,睥睨众生,浑然不觉一双锐利的眼睛正在远处盯着他。这双眼睛在南京城里大大有名,是日军"中国派遣军"宪兵司令部所属南京宪兵队特高课头目之一尾野。

正当顾阿四沉浸在得胜的喜悦中时,罗阿三从顽童群中

南京先生

探出头来，喊："顾头儿，不好了！小丫蛋——小丫蛋被宪兵队的人带走了，说是在车站行乞时偷了东西。小丫蛋怎么可能偷东西？这不是胡扯吗？"罗阿三拉起顾阿四就往车站跑。

在熟悉的浦口车站站台前，拦住他们的是一队日本兵。日本兵把小丫蛋绑上了列车顶。列车即将发动，罗阿三和顾阿四吓得魂飞天外，这是要干什么？小丫蛋肯定会死的。

罗阿三拉住顾阿四的手："顾头儿，顾头儿！求你了，救救她！救救她！"顾阿四心中焦急，这都是带着武器的日本宪兵，我是神仙啊，能干得过他们？一道灵光乍现，他素来有些急智，这列车并不算高，比起南京城墙来说，算得了什么？于是便绕过警戒，快速往站外跑，穿过铁轨，躲到站台外的长草之中，他仔细观察，这趟列车是军用专列，想必是运送重要物资的。

蒸汽冲天，列车发动了。小丫蛋被堵上了嘴，喊不出声。就在列车经过顾阿四的时候，他快步赶了上去，长吸一口气，师父教的飞檐术此刻大派用场，他像猿猴一样攀上车厢，几个手抓脚蹬，上了列车顶，只觉风雪从自己耳旁掠过，割得生疼。

小丫蛋骤见来人，绝望的眼睛瞪得大大，她信任的顾阿四哥哥救她来了。顾阿四趴低身子，此刻列车尚未开远，他须等列车彻底走出站台上日本兵的视线范围，再把小丫蛋解救下来。

列车的蒸汽味道很大，顾阿四差点呛咳出声。他定睛一看，全身冰冷，小丫蛋瘦小的手被一条金属手铐铐住，扣在了列车顶的一个焊铁环臂上。这下坏了，他压根没有办法解开手铐。

车行渐远，夜雪降临，列车如同一道黑色巨蟒向黑寂深渊游去。小丫蛋浑身都在抖，也不知是冻，还是怕。顾阿四解开小丫蛋被堵住的嘴，说道："丫头你别怕，有顾哥哥在。"他内心打定主意，虽然不知道日本人有何用意，但绝不能把小丫蛋一个人留在列车之上，等到了乌衣站，再想办法解开手铐，这一段路就在车顶保护小丫蛋。他纵有飞檐术，此刻登上了车顶，却也是下不去了。

列车开走后的浦口车站，特务头子尾野悄然登临，列兵向他敬礼。副官向他报告："有个小孩子爬上去了。""小孩子？已经不小了，我看他有些本事，经常和人赌钱。"尾野从怀中掏出一枚硬币，在指间反复把玩。远处雪渐渐下大了。他在两天前收到了语焉不详的消息，表明这趟军火列车的信息可能已经被泄露，如果不出意外，这趟列车应该也会跟此前很多次一样，被新四军中途袭击。日本人立刻更换了列车的班次，加强了沿线军事巡逻与保卫。

"列车班次调整过了，不会再出问题吧？"副官问。尾野鼻子里哼了一声："让青田他们这帮白痴好好沿道巡逻！"

虽是如此，尾野仍然觉得不保险，他一时兴起，把小丫蛋绑上了车顶,这下他又多了一注筹码。他露出了一丝狡黠的笑,中国古代封建王朝有用女孩献祭海龙王的记载,我倒要和高先生赌赌看,这趟列车还会不会出事!

三

青田走在巡逻线上,他感到后背阵阵发冷。接到尾野关于加强巡逻警戒的通令,青田内心是一万个不乐意的。他非常讨厌尾野那不可一世的样子。夜晚的雾气有点重,湿漉漉地披在肩膀上,像有几十斤的重量。探照灯一开,又显得自己目标过于明显,容易成为靶子,这种天气外出巡逻,真是太难受了。

他领命固守铁道沿线的重要据点,听起来像是清闲差事,但实际上,这比上战场打仗还可怕。他和同伴把吊在脖子上的枪端了端,枪膛的温度像冰棍一般。同伴吹了声口哨,有点不知天高地厚地笑出了声,有什么好怕的,不远处,驻着一个师团,再不远处,南京!汪政府的心脏,驻军,宪兵,大大的有,有大部队撑腰,咱们这里不过是个前哨警备站,发现了新四军,别斗硬,放枪示警就好了。

青田回头苦笑,这小子看来是刚刚从战场上下来,被淘汰到了这个警备巡逻站。同伴说,就看一圈,把灯打亮,看一

11

圈，没事就回，屋里还煮着酒呢！也不知道是谁帮谁壮了胆，领队的青田终于敢举起探照灯，蒙蒙的黑夜雾气像是一团在水里憋坏的鱼，突然围食聚拢到了玻璃灯泡和麻织的灯罩上。光亮畏畏缩缩地向前，照到有些摇曳的铁丝网，铁丝网背后是一排焦黑断壁的民房。为了避免新四军借助民房发起战斗，师团下令把铁路两旁的民房烧掉。荒凉的夜，光秃秃的墙，夜风从墙垣的缝里透过，吹得人寒意更甚。

铁轨向远方懒散而去，冰冷的轨道映着冰冷的月，石头被风吹起，发出窸窸窣窣的声音。青田猛地感觉不妙，石头怎么会自己响？风哪里有这般大？难不成是……他越想越害怕，他赶紧把灯关灭，用力瞪着铁轨远处，仿佛深邃的黑暗之中，似要扑出一条巨兽。那懒散的铁轨猛地笔直向前，用力伸展，石头动得越来越厉害。青田不停发抖，额上汗珠簌簌而落，打湿了帽檐，打湿了领子，打湿了后背和前胸。

该怎么办？他握紧了枪，该死，真的不该来中国参加这场战争。青田有三个秘密。第一个是他偷偷阅读了很多书，有一定的思想，他不敢对别人说。他认为不义的战争终将会被历史审判。他负伤，然后厌倦，故意犯了错误，想逃离战场，这是他的第二个秘密。最后，他被发配到了津浦线上来承担一段铁路的警戒巡逻工作。神出鬼没的新四军屡次在津浦线袭击铁路，破坏从浦口到乌衣的铁路段，切断补给线和运输线，真令作战当局头疼。青田第三个秘密，也是最大的秘密，却是致命的——他所在的警戒站只有不到十人的兵力，他每次出来巡逻，都感觉自己随时将要上天国去。

石头越来越颤抖，他感觉自己的肝胆也在跟着颤抖，他听见同伴在轻声喊他的名字，他想要示意他们噤声，可是他的嘴皮却不受使唤，怎么办？这群死小子，会被当成靶子的！远处像是有些什么响动，青田眼睛直勾勾地看着铁轨远方，华北交通株式会社的火车正从远处驶来，空气中弥漫着工业机器的气味。

这列车是运矿车，它准点抵达了青田等人的面前。这是从占领区某处掠夺而来的资源，即将通过津浦铁路运走。青田的同伴们看着列车疾驰而来，作为日本帝国的军人，他们不自觉地挺直了腰板。

蓦地，一声巨大的响声爆出，列车的车头冒起了火光，那火光直刺人眼。又炸了！青田感觉一股热气冲上了头顶，他情不自禁地大喊了一声，喉头涌出血来，仰天倒了下去。还是炸了！尾野玩了那么多花招，怎么还是炸了？

同伴紧急卧倒，把青田拉倒在地，然后迅速摆出两个防御回击的小队形，后队掩护前队，前队又变作后队，像蠕动的虫子一样，慢慢退到了黑暗之中。那翻覆的火车头随着巨大声响飞出了轨道。青田四肢被同伴拉扯着，感觉像一股从内脏深处要被往外拉出的力度，即将把自己五马分尸，他想，在自己的防区里炸的，这可该怎么交代？同伴带他退到安全区域,然后用力掐他的人中。

他知道这根本没用,又不是昏厥,他有意识哩,只是除了这样的状态,还能有什么状态来掩饰自己的恐慌?清醒的人是无法靠掐人中掐醒的,能让他重新面对现实的法子只有一个,那就是找到解决问题的法子。

也不知道同伴中谁说了一嘴,高老先生可真准!

青田打了个激灵,猛地醒了过来,重回现实的法子终于找着了。高先生就是他的法子。青田像是诈尸一样坐了起来,说:"走,去鹤庐,找高先生!"

四

"梅山储铁属实,勘探人员三日将至,务以保密为要,死警戒之。"

尾野收到这封电报的时候,脑袋都大了,看来这是上面发来的军事令,从口吻来看,上头对梅山储铁一事异常重视,保护好勘探人员,如果出事,看来自己要切腹谢罪了。

梅山储铁,指的是远南京、近上海、西临长江的一处山地,名叫梅山。据说当时飞机在天上飞过时,仪表盘发生了剧烈的抖动,疑似磁铁效应,日占当局认为此处地下多半有铁。中国储备有巨大铁矿,这对岛国来说是巨大的诱惑。

为了勘探山脉里的储铁情况，日军出动了两次大规模勘扫。如果能找到准确位置，便可以进行开采，打这场仗不就是为了掠夺资源吗？届时铁矿在手，又控制着津浦线，便能像吸血鬼一样把这优厚资源源源不断地通通吸干。

　　勘探铁矿对于尾野来说有点陌生，他的履历背景和专业程度都无法够得上帝国工科专业人士的标准，他能做的就是为这一重要勘探计划保驾护航。他的任务担子可不轻。

　　尾野面前摆着一桌子菜，他夹了一筷子软兜长鱼（鳝鱼），味蕾得到了很大的满足，也释放了一些不悦和紧张。坐在他对面的是一位低眉顺眼的老先生，他叫高鹤松，此间菜馆的掌柜，他低着头，起身给尾野斟酒。高鹤松是淮扬菜圈子的老人了。尾野记得自己第一次吃淮扬菜，就被高鹤松的手艺震惊了，这世界上还有这样的吃食！高鹤松娓娓道来，淮扬菜发源于扬州、淮安一带，起自周代，发展于隋唐，到明清时，朝廷在淮安设立河道总督和漕运总督两大与六部平级的衙门，往来官员流动，又将淮扬菜带到京城，从而繁荣于大江南北，淮扬菜讲究刀工和汤头，明清宫廷御厨多出自淮扬。

　　又有一说，是乾隆南巡而使淮扬菜流传开来。北京自是政治文化中心，乾隆皇帝南巡六次，带回淮扬菜厨侍奉东官，组建"苏灶"，带回了淮扬菜，进而流传到民间。故而，老字号的淮扬菜隐隐带有宫廷诸多要素，因材施艺，因地制宜，淮扬菜一度被称为宫廷菜、京师菜。

尾野是在某位高层女士的介绍下来雨花台寻高鹤松。他听闻雨花台处有一知名饭店叫"鹤庐"，掌柜在南京城内左右逢源，人称高先生。在南京城内，素以识得高先生为耀，那位高层女士称，在南京若是没吃过鹤庐，就算不得上品人士，尾野先生此来南京，若不认得高鹤松，必然遗憾！

　　彼时的尾野第一次见到高鹤松，眼前的老头穿着灰布长衫，瘦得有些道骨仙风，而高鹤松眼中所见之尾野，身着毛呢军装，佩戴军官长刀，军靴擦得很亮，他背后跟着青田，据说两人是同学。高鹤松双眼精光内敛，一眼就看穿二人貌合神离。那个时候汪伪政权亮相不久，尾野刚刚赴任南京，正是意气风发，傲气夺人之时，而青田却沉默寡言，心事颇重。高鹤松下厨亮了一手，松鼠鱼、蟹黄狮子头、大煮干丝……尾野果然一吃上瘾，从此吃淮扬菜成了释放压力的一种方式。从那以后，他经常来鹤庐吃饭、小酌，一来二去就和高掌柜熟悉起来。

　　交往一段时间之后，高鹤松感觉到尾野的内心对中国文化是怀有敬畏的，这一点和狂妄自大的军国主义人士完全不同。尾野派驻南京，时刻提防着各种暗杀和阴谋，他的朋友很少，青田算一个，高鹤松勉强能算半个。

　　尾野今天请客，订了鹤庐里的大包厢，专门嘱咐店里必须上正宗淮扬菜，必须高鹤松亲自下厨。

　　尾野要请谁？刚刚被炸了列车，悬案未破，上头棘手的任务又压了过来,他还有心思请客?高鹤松不由得为尾野抹了一把汗。

笃笃笃……一阵拐杖着地的声音响起,包厢的门被打开。一道青衣褂子出现在门口,来人瘦瘦高高,捻着山羊胡子,戴着两个圆片的墨镜,枯瘦的脸上皱纹横生,一副尖嘴猴腮的样,他手里握着一根木头拐杖,在灯光下泛着金丝般的光。他依靠这根拐杖而行,随时侧着耳朵,显然是眼睛有疾。

但凡南京城里有眼睛的人,即便不认识这怪异的中年男子,也不会不认识这根木头拐杖。这根拐杖是阴沉木制成。何为阴沉木?俗称乌木,地表植物埋入河床低洼处后,千年万年碳化而成,民间有称"家有乌木半方,胜过财宝一箱"。

高鹤松低声叫了句:"江瞎子。"这人名叫江胜,外号江瞎子,是有名的术士。何为术士?这和普通算命的风水瞎子不一样,指的是精通风水易经、奇门遁甲之人。这江瞎子号称有经天纬地之能,在百姓中颇有威望。

高鹤松看了看尾野的表情,他桀骜的脸上露出了一丝谦和,原来他请的人是赫赫有名的江瞎子,他不禁心里狐疑,这日本人请江瞎子干什么?

"江胜君,请坐。"尾野手一挥,两名随从给江瞎子拉开椅子。江胜就座后,把手杖放到桌旁,他手一滑,手杖落地,发出沉闷的响声。尾野的随从去帮忙捡拾,一捞之下,竟然纹丝不动,这乌木手杖重量可不轻。

17

"不劳烦各位太君。"只见江瞎子用脚尖点了一下手杖端头，那手杖一侧猛地弹起，他凭空抄在手里，复又稳稳放到桌旁。高鹤松与尾野同时侧目，且不说江瞎子满口的天命归化法力通天，单是每天使用这根手杖探路，这功夫就非同小可。

江瞎子开口问："尾野先生，今天您不止请了我一个？"

尾野用手在他眼前晃了一晃，他确实不止请了江胜一人，这桌上摆着四副碗筷，高鹤松还没有就座呢。

江瞎子又道："高掌柜也在，为何不就座？"

高鹤松笑道："江神仙，您是怎么知道老朽在场的？"

江瞎子道："莫看我眼睛不好，我鼻子却不差，您身上飘着高汤油烟的味儿，想必刚刚从后厨显了手艺出来。并且您衣服上还浸着一股雨花茶的香，贵店里哪个厨子能这么高雅？"

高鹤松笑了，说："江神仙，您怎么知道尾野先生请的不止您一位？"

"松鼠鱼、蟹黄狮子头、软兜长鱼……嗯，还备了一壶老酒……"他用力嗅了嗅，"这可不是一两个人的菜量。"

尾野失笑道："江胜君，南京城的百姓都说你天上知一半，地下全知道，我看你不过是鼻子特别灵敏罢了！"

江瞎子不理他的话，兀自抄起筷子，夹了口菜，大口咀嚼起来。"无礼！"尾野的随从上前就要按住江胜。"且慢。"尾野挥手制止，他侧过头，一脸阴鸷地看着江瞎子，"江胜君，你

南京先生

好大胆子。"

"我怎么了我？"江瞎子推了推墨镜。

尾野道："我没动筷子，没人可以先吃。"

江瞎子笑道："太君，不是您请我来'吃饭'的吗？"

"不是。"

"那您一定是请我来给您破案的了？嗯，尾野先生中气不足，肝火很旺，急躁得很……"

尾野看着他，像看着一个怪物："江瞎子，你还知道什么？"

江瞎子好整以暇地夹了一筷子松鼠鱼，完完整整的一条鱼，被他一筷子剁下去，夹去好大一块，道："尾野先生，您刚刚说过什么？"

"我说了什么？"

"您说南京城的百姓都说我天上知一半，地下全知道！"

"那又如何？"

"那您就该知道，如果我不吃饱肚子，我鼻子是不灵的。"

尾野狠狠地盯着他，高鹤松有点怕，他和尾野打交道很多年了，知道这厮一言不合就要抽刀杀人，江瞎子虽然讨厌，但毕竟是同胞。

尾野一字一句道："我再问你一次，你还知道什么？"

江瞎子把那块松鼠鱼吞咽了下去，面上营养不良的菜色也泛起了光，他凑近尾野，闻了闻他的佩刀，小声道："刀上的血腥味儿还没散,看来刚刚是您亲自逼供啦,美酒佳肴摆在面前却依然如此烦躁,尾野先生,是不是内鬼还没找到?"

五

尾野确实很急躁,江瞎子说得对,案子确实没告破,那天黑夜里的那趟军列,像一条燃烧的火龙从轨道上脱轨而出,钻进了尾野的梦里,缠住了他的灵魂,把他的骄傲和诡计烧成灰烬,让他头痛不已。

尾野是在两天前意识到对手可能已经掌握了这趟军列的信息,这对于一个老特工来说,这已经足够应付对手了。他赴任南京以来,没有多少胜绩,这次正是表现自己的时机。他迅速调动南京方面,更改了列车的班次信息,想让对手扑个空。同时,沿线还加强了巡道警戒。

当天中午,尾野和高鹤松吃了一顿饭,彼时天空已经开始下雪,高鹤松似乎看出了尾野的踌躇满志,他特意给尾野温了一壶酒。尾野信任高鹤松,这位老人是宣抚团的代表。何为宣抚团?日军为了维持占领城市的秩序,设计了一套笼络百姓的方案,选出德高望重或者名流人物,让他们出面,去做百姓的宣抚工作。宣抚团有时候会出面赈灾接济,有时候会给城郊百姓发放生活用品,用以博取好感。

宣抚团是尾野为数不多的得意之作,他认为这样能把愚昧落后的百姓都争取过来,割裂对手和他们的鱼水关系。尾野下了很大的功夫经营宣抚团,高鹤松便是他信得过的好朋友。

这份信任可不是白来的,高鹤松担任宣抚团代表的一段时间,确实从百姓群众中打听到许多重要信息。尾野深信两件事,第一件,极致的情报工作是扎根的、渗透的、全面的;第二件,只要把好处投放到百姓中去,破坏掉中国百姓对共产党军队的支持,就可以打败对手。

尾野相信自己肯定能战胜敌人,高鹤松却一点也不看好。尾野自然也看出了高鹤松的意思,便问他:"高先生,您不看好在下?"

高鹤松说:"老朽虽然不知道阁下的计划,可是我却预感这次不会顺利!"

尾野问:"未卜先知?又是为什么?"

高鹤松说:"我今天打雨花台过来,路上遇到西善桥的江瞎子。"

"就是南京城百姓很迷他的那位术士?"尾野今天心情不错,说话也分外客气。

高鹤松道:"正是,彼时他在摊位算命,我虽未走近,却听他大声说起:'今日大忌,天时不利,凡有密谋,以城为界,出城不宜',也就是说今天不宜到城外活动啊。"

"凡有密谋？不宜到城外活动？在下所从事之事，哪一件不是密谋？"尾野哈哈笑了，不信，说什么也不信，"高先生，我要和你打赌。"

高鹤松本是随口一句玩笑话，不料竟然引得尾野当真，他顿感骑虎难下："赌？赌什么？"

尾野拉开窗帘，看见一名小女孩儿正在望着包子铺发馋，这小女孩儿正是跟着顾阿四的小丫蛋。尾野脸上露出狡黠的笑容："高先生，不管赌什么，我今天都要赢！"

尾野心里想，我怎么可能会赌输，除了巧妙的设计以外，他还出了千。小丫蛋就是他出的千。

可是事实就摆在面前，尾野被打脸了，打得很疼，像桌子上摆着的松鼠鱼一样红，一样炸裂。列车还是被炸了，从现场勘验情况来看，新四军使用了具备一定技术含量的电发火装置，说明对手里面必有相关条件的作战技术人员，这可不是政府里面某些草包描述的"对方只是一群打游击的，不过是散兵游勇"。一群散兵游勇能如此积极又快速地部署这么周详的行动？这不是扯淡吗？

在青田面前被打脸，尾野真是气得火冒三丈，他和青田是同学不假，可是两人的思想理念完全不在一个话语体系里。尾野这人偏执、倔强，非要证明自己是对的不可；青田这个窝囊废，眼睁睁看着对手炸列车，居然还敢全身而退，换作是他尾野，早就带着人冲上去了。

南京先生

青田和高鹤松也是旧识了，高鹤松担任宣抚团代表期间，不光对尾野的情报工作有用，甚至对青田的警戒工作帮助也很大。这位在南京城里手眼通天、八面玲珑的饭店掌柜，能帮尾野在餐桌上驯化一批名流人士，实现对上层人士的拉拢。青田的工作就更具体了，他的警戒站人手不够，他必须把里里外外的老百姓都宣抚一遍，让皇军的恩泽普及到他们头上，这样才能收买人心，这个过程有一个非常关键的环节：花钱。

　　没有钱，怎么体现宣抚？于是高鹤松充当了金主，青田向郊区百姓发放的肥皂都是高鹤松出钱援助的。

　　宣抚搞得再好，还是没有搞赢对手。列车被炸后，尾野率众复盘了所有细节，不能放过一丝可能的疑点，中国有句古话说得很好，羊跑了没事，把破了的羊圈补好，就不晚！嗯，是的，现在他需要找到羊圈的洞都在哪些地方。

　　尾野在办公室里点了一根烟，随手打开了绿色灯罩的铜灯。灯光掩映红褐色的墙漆，给屋子里渲染出一种压抑、沉闷，又特别焦躁的气氛。他把双脚放到桌上，陷入了深思，军列的班次是保密的，为了迷惑对手，日方还在临行前更换了班次，以防内鬼泄密。包括青田在内的五个沿路警戒巡逻站，都接到了警戒指令，突然加强警戒，会不会是这个环节泄密了？

　　嗯……不对，加强警戒的指令只说了有列车通过，却没有告知他们任何一个警戒段,到底通过的列车是什么。从新四军的这次袭击来看,他们很精准的就是要阻截这批供给军火。另外,从现场勘查的情况来看,锁住那个小乞丐的手铐被撬断了……车顶的两名小孩子是怎么逃脱的?那个攀爬功夫很厉害的小孩顾阿四又到哪里去了?

对手要是连他尾野临时起意要绑个小孩在车顶做人质保票都能预知的话,这才真是神了!

尾野拿起桌子上的文件,梅山储铁属实,三天后就会有勘探队伍来南京,如果现在不把已经有的窟窿都找到,会再次跑丢羊的。

三天,只有三天。

他猛地想起当天高鹤松说过,西善桥的奇门术士江胜话里有话地影射了他们,为什么?凭什么?这瞎子是知道了些什么情报,还是真的有通天彻地的算术能耐?他准备请个客,把所有窟窿都找出来。

六

江瞎子现在已经把一盘松鼠鱼都吃下了肚,他面前吐了一堆残渣,好久没有这样吃过好饭了:"太君真是客气!"尾野笑了:"太君有时候很客气,有时候会要人命。好了,吃也吃好了,喝也喝好了,来,说说吧。"

江瞎子清了清嗓子:"太君,您想问什么?"

"什么什么?我没听错吧,我怎么知道那天列车会出事?我不知道啊!"江瞎子连连摆手,"我什么时候说了列车会出事?我只是说那天皇历不吉啊,您要相信,在古老的中国,奇门数术是非常高深玄妙的。"

尾野喝了一杯酒:"我当然相信,自唐以来,我们大和民族就对中国文化有着礼待和敬畏。"

江瞎子说:"要不然,我帮您再算一下,您看有什么需要打的卦?"

尾野不说话了,只是微笑,江瞎子是看不见的,可是高鹤松眼睛却看得见,他分明感觉到尾野眼神里的不怀好意,那是种让人毛骨悚然的神情。

高鹤松赶紧给尾野斟满酒,借这个动作来掩饰自己内心的紧张。他越发觉得奇怪了,尾野是什么人?狠人、歹人,也是狡猾之人,那天江瞎子的一句随口的话,怎么尾野就这么放在心上?尾野这样的人,怎么可能就信这套?

果然不多时,楼外响起了脚步声,随后进来的男子约莫三十来岁,双目精光暴射,瘦瘦高高,很是干练狠辣的样子。高鹤松认得他,76号南京区特务处里的要员,一度在特务头子马啸天跟前受宠的红人杨葛亮。马啸天是李士群亲信,以警政部政治警察署署长身份兼任76号特工总部南京区第三任区长,可谓位高权重,也难怪杨葛亮鸡犬升天。

"搜了?"尾野问。

"搜了。"杨葛亮像狗一样低着头。

"没有收获?"

"没有。"简洁、干脆的回答,让尾野紧皱的眉头舒展了一些。

高鹤松也看明白了,尾野把江瞎子叫到了鹤庐来吃饭,同时又让人去搜他算命铺子。当日高鹤松随便一句无心的话,尾野便把江瞎子也纳入了怀疑的范围,感觉不太对,但是哪里不对,高鹤松又说不上来。尾野可不是捕风捉影的人!

杨葛亮有些门道,不是那种溜须拍马上位的人,此人头脑绝佳,具有超强侦探能力,被誉为天生干特务的料,栽到他手里的对手,没有一百也有八十。

杨葛亮亲自带人去搜的,不可能放过一丝线索。搜是搜过了,没有电台,没有密码,也没有可疑人员,妥妥空手而回。

尾野一指墙边,示意杨葛亮靠边站立,不允他入座。

江瞎子鼻子里嗤笑了一声:"一个瞎子的算命铺,怎么可能是传递消息的地方?"

尾野道:"既然江胜君真有开天眼的本事,就请为我答个疑。"

江瞎子笑了,抓起了身旁的乌木手杖,用力往地上一拄,那木杖和地面发出沉闷的声音。"好说好说,所谓吃人的嘴短，拿人的手软，太君有什么想问？天上地下，我都言无不尽。"

尾野摸着小胡子："我向你打听一个人。"

"谁？"

"浦口车站的小乞丐顾阿四！"

江瞎子强自一笑："我当是谁，一个小乞丐我这瞎子哪里看得进眼？不过容我瞎子多嘴一句，太君您是玉帛，他是瓦碎，一个讨饭的，和您心中焦躁的案子，又能有什么干系？"

尾野说："有些事情越不起眼，就越是容易出疏漏，有些谎话还是不要说的好，我有一百种法子可以惩治说谎的人——我知道你认识他，还认识他师父。他师父葬在牛首山，你借了钱给他料理后事！"

江瞎子不笑了，尾野已经把他查了个底朝天了，于是他只好赶紧圆场："我只是说他进不了我的眼，可没有说我不认识他，我江瞎子是什么人呵，南京城还有我不认识的人？"

这可真是中国式的狡黠！杨葛亮忍住没笑出来，这江瞎子是找死。高鹤松站在一旁，不敢说话，生怕下一刻江胜就要血溅当场。

江瞎子只好吐露："顾阿四的师父确实与他相识，他师父到底叫什么，印象有些模糊了，只记得姓周，有人叫他周拐子……"

"什么什么？"尾野打断了一下，"胡说八道，他腿脚若是有残疾,怎么可能飞檐走壁?"

江瞎子说:"太君且慢,听我细说。周拐子的腿脚确实天生有些特异,他是后天练就了一身攀爬功夫,在中国源远流长的民间技艺里,很多功夫都是水滴石穿、聚沙成塔,讲究一个持之以恒、百里积步。那周拐子的攀爬功夫,端的是生活所迫……所谓官逼民反……"

"打住,住嘴。"尾野不耐烦,"江胜君,你绕得太远了。"

江瞎子说:"那就直接些,我到底能解答什么问题?看相算命,得有所求,说多了我折寿!"

尾野盯着江瞎子,一字字道:"那飞檐走壁的顾阿四,会不会开锁?"

"开锁?"江瞎子一愣,"不会不会!"

高鹤松明白了,尾野是在逐一排除自己内心的疑问,顾阿四和小丫蛋是被手铐锁在车顶的,可是二人逃脱了,谁开的锁?尾野让人查了一遍,那顾阿四师承一名叫周拐子的奇人,这人有些门道在身。

尾野熟悉南京历史,南京城雄踞金陵皇气,千百年来能人异士辈出,难不成这周拐子不光是个飞檐走壁的攀爬高手,还是盗窃开锁的飞贼?这神秘莫测的周拐子与未卜先知的江瞎子居然还是至交好友,在尾野准备把周拐子的徒弟当成肉盾的时候,江瞎子居然大放厥词说密谋必败,哪有这般巧合?

"何以如此肯定？"

"虽说周拐子有些奇技在身,可是据我所知,他除了攀爬上墙,却从不偷盗。"

杨葛亮正色道："你在欺骗尾野先生！哪里有翻墙的贼不偷东西！"

江瞎子道："周拐子收徒弟有'三不干'。"

"是哪'三不干'？"杨葛亮问。

"偷鸡的事不干,赌钱的事不干……还有……"江瞎子有意无意把脑袋侧向杨葛亮,"唔……没有骨气的事不干！"

杨葛亮简直要暴起,他咬了咬牙关,当着尾野的面,他不好发作,内心只道江瞎子你含沙射影老子,回头要你好看！

尾野沉声道："江胜君,你说的这'三不干',可是真的？"

江瞎子道："自然是真的！"

尾野突然转头问："高鹤松君,您认为如何？"

高鹤松道："人之内心,皆有魔性,有高超的技艺,自然会受到与寻常人不同之诱惑,自古飞檐者,多出盗贼。有些师承,把规矩立在前面,便是为了约束门人。"

尾野道："所以,高先生您认为顾阿四不会自己开锁？"

还不待高鹤松回答,只听江瞎子悠悠道："顾阿四若是既能飞檐越墙,又能开锁行窃,又何必去行乞？"

如果不是顾阿四自己开的锁,那么就是有人也攀上了列车顶,解救了他。尾野闭上眼睛,把自己放到当时的场景之中,那天的雪很大,列车正快速驰来,小丫蛋和顾阿四在车上已经冻成雪人……他猛地想明白一件事,他看向杨葛亮,杨葛亮自然也想明白了,他会意地冲尾野点头,他二人心照不宣,已经找到了问题的关键,如果是第三人登车去解救顾阿四和小丫蛋,那么列车是什么时候被炸的呢?

杨葛亮低声道:"我有一点拙见。"

尾野道:"请讲。"

杨葛亮道:"要解救顾阿四和小丫蛋,首先得要发现他们二人在车上!"

"是的。"

"当日的风雪,能见度却不高。"

"确实不高。"尾野带人看过现场。

"从看见列车上有人,到爬上列车帮忙开锁,需要多少时间,太君您计算过吗?"

尾野点头道:"当然。"

杨葛亮用手比画了一条线,说:"当日的风雪能见度最大距离是 200 公尺,这也是能看见火车的最远距离,若是有人在这个距离上看见了车顶有孩子,再设法爬上火车,开锁,救人,再下车……只怕列车早就跑过埋爆点了。"

尾野的随从从后面递上当日的现场勘验报告,他再次翻了翻,列车轨道的距离、能见度的描述、列车的时速……"葛亮君,你的推测和我的实验是一样的,必须先看见有孩子在车上,若是对手先救人,后炸车,时间上根本来不及。"

杨葛亮目光灼灼道:"除非还有另外一个可能。"

"请讲。"

"那就是观察到列车的最大距离点不是埋爆点,或者说,不是引爆点!"

尾野看着杨葛亮,那眼神像是在解剖现场。

尾野想,会不会有这个可能,引爆点和观察点,不是同一个地方。观察点在前,引爆点在后,观察点有人看见了列车上有孩子,施以援手,解救孩子之后,把列车放过至下一个埋爆点,然后引爆。

列车发生爆炸的地方是在青田的警戒区,青田是爆炸的目击者,也就是说,在列车进入青田警戒区之前,顾阿四和小丫蛋就已经获救了。

那沿着青田警戒区的轨道段向上,也能找到一些对手埋伏观察,甚至说放置第一个埋爆点的痕迹。可惜那天雪大,这些痕迹都被埋没了。

到底那天的情况是不是这样?尾野不说话了,空气陷入沉默。

偌大的包厢里,热菜已经凉了,除了江瞎子吃的那盘松鼠鱼,其他菜根本就没怎么动过。高鹤松看着桌上的菜,不禁心生可惜,他一直这么站着,尾野也不让他坐,他看了看桌上的碗筷,原来尾野今天请的"客",都是要解决他内心的怀疑。

江瞎子的剔牙声打破了寂静，他问："太君，搜也搜过了，问也问明白了，我吃也吃饱了，现在可以走了吗？"

尾野问："江胜君，您不是还要给我卜上一卦？"

江瞎子合了合手指，搓了搓字诀，袖里飞出几枚铜钱，他摸了摸卦象，忽道："'不识庐山真面目，只缘身在此山中！'这一卦我就不收卦金了，权当吃了你的松鼠鱼。"

江瞎子拄着木杖回去了，尾野从头到尾没有动粗，他琢磨着，自言自语，念了两遍："不识庐山真面目，只缘身在此山中……"咧嘴一笑，这瞎子又来了，话里有话，是说内鬼就在身边？高鹤松看了看杨葛亮，又看了看桌上的碗筷。江瞎子的事已经问清楚了，尾野的用意，高鹤松也已经领会到了，这饭桌怕是不好坐下，这饭菜怕也是不好吃的。

只听尾野说："杨葛亮君，请坐。"

高鹤松内心想，江瞎子过关了，聪明过人的杨长官您该怎么办？

七

列车驰来，在风雪之中如蛟龙游蛇，两旁的小叶松树正迎着劲风，簌簌作响。雪又开始密集地落下，沉沉叠叠，叠叠沉沉，把天地间的生机都牢牢锁死。

南京先生

当然,被锁住的还有可怜的小丫蛋和顾阿四。小丫蛋纤细的手腕被铁锁铐得又青又肿,顾阿四在车顶试了很多法子,这锁他根本就没法打开。要是师父在就好了,他有什么问题解决不了,想到的都是师父,可是他转念一想,师父多半也不会开锁,师父立下的"三不干",不准偷鸡摸狗,他自己肯定也是一生磊落,从不盗窃。飞贼不盗窃,这确实是有骨气的事儿。

　　顾阿四把小丫蛋抱住,这小丫头已经冻得连发抖都抖不动了。他想把自己残留的一点体温给小丫蛋,这些跟着自己的小家伙们都挺可怜的,自己怎么都要保住他们。

　　小丫蛋感觉自己要被冻死了,她问阿四哥哥:"我要死了,人间怎么这么苦,是不是下辈子就可以不来了?"

　　顾阿四啐了她一口,说:"别犯傻,跟着阿四哥,日子一定会好的!"

　　小丫蛋说:"阿四哥哥你别管我了,你跳下车,找个温暖的地方去。"

　　顾阿四摇头:"我陪着你,你就不怕了,你可要坚持住,等到了下一站,我们大声喊,就能有人注意到我们,这样就有人来帮我们解开这个锁铐了……"

　　小丫蛋说:"阿四哥哥,我……我好饿。"

　　顾阿四说:"你想着一会儿我们下了车,哥哥带你去吃包子,灌汤的,还要来一碗大肉面,保管你三天三夜吃不下东西！"

小丫蛋问："什么是大肉面？"

顾阿四说："那是比灌汤包还好吃的吃食，一碗骨汤面，加上葱花,配上一块卤肉浇头,那卤肉浇头有你脸那么大,你说管不管饱？"

小丫蛋咽口水,她冻得有些神志不清了："你一会儿就带我去吃,好不好？"

顾阿四大惊,摇着她说："丫蛋你千万别睡啊,睡着了就吃不了大肉面了！"

小丫蛋的小脑袋不停地点啊点，就要钻进顾阿四的怀里。

他喊小丫蛋："别睡啊！我师父天上看着呢,活命的神仙马上就到！"

顾阿四看了一眼前方,无边的黑夜,无边的凛冬,无边的惊恐。他今天本来是要带小丫蛋他们去吃包子的,发生这样的事,真是万万没想到。

和顾阿四一样万万没想到的,还有高云山,他今日率队前来袭击日方军列,是要阻断日军给前方的军火供给,为前方的战友争取时间,创造机会。

为了这次作战,高云山和搭档鲁川江设计了很久,从埋爆点和装填量,都进行了周密的计算。他演练过好几遍,几乎万无一失。他盯着列车从风雪中驰来,却惊恐地发现车顶之

南京先生

上还有两个孩子！这可怎么办？高云山心中激烈交战一番,此刻他高举信号,示意鲁川江做好点爆的准备。

等列车再近一些,高云山分明看清,原来是那小女孩儿的胳膊被锁在了车顶,而那小男孩儿不愿独自跳车逃生。他旋即明白了敌人的用意,他看见顾阿四抱住小丫蛋,这小小的孩子,自己尚在困境之中,却依然要保护他人,他内心大受震撼。

身旁的战士喊:"高队,您是立了军令状的！得拎清轻重啊！"

"不,他妈的不炸了！放列车过去！"高云山一甩手,把长枪从肩头卸下,他点了两名战士,"跟我来！"

两名战士一愣:"高队是要爬车去救人？"

"是的,等列车过来,三子、老七跟我来,做好掩护,我爬上去。"

老七和三子大惊失色:"不炸了？高队,不妥,错失战机,军法处置。"

高云山压低声音:"我们莫要忘了,为什么而战！"

列车更近了,高云山抬头看了看鲁川江,只见鲁川江把起爆装置一扔,没事,先救人,还有第二道埋爆点！他拔出配枪,高云山立马会意,列车的另一侧,也需要有人掩护。

杨葛亮猜得八九不离十,高云山和鲁川江设置了两道起爆点,第一道是鲁川江可以手动控制的电发火装置,也就是高云山和鲁川江的观察位,当列车开过时,可以自行决定炸列车的什么部位。而后面的第二道埋爆点,是以防万一的备用方案,用的是无人引爆装置,只要列车轧过埋爆的铁轨,就会引发爆炸。

这一趟列车,必须截停,高云山立下了军令状,足见此役的重要性!

高云山带人冲了上去。列车速度不慢,他伸手挂住车身的凸起处,双脚一蹬,向上进了一尺,列车边缘被雪水打湿,他第二次向上跃进的时候,一时手抓滑,差点向后摔落,看得鲁川江内心一阵狂跳:列车已经驰过第一道埋爆点,直往无人埋爆点冲去,高云山能不能及时救下孩子并全身而退?高云山你又冲这么猛,让老子该怎么仰望你?

在那飞驰的列车车顶,两个孩子突然看见车厢边缘有人正在努力爬车,论攀爬,这人身手固然比顾阿四差些,可是一眼看去,也能知道是训练有素的军人。小丫蛋正要喊"阿四哥哥……"顾阿四一把捂住她嘴:"笨蛋,小声点,救命的神仙来了。"

高云山翻上了车顶,顿感脚下生滑,那车顶覆有积雪,他只得匍匐前行。

鲁川江手心捏出了汗,高云山此举实在危险至极。

一步,两步,三步……高云山迎着劲风,他感觉自己脸都已经不是自己的,像是用手指一戳,就会彻底碎成冰片。他伸

南京先生

出手,向下指了指,示意顾阿四先行离开,马上要过埋爆点了,救得一个是一个!

顾阿四连忙摆手,不走,绝对不走!

这关头可容不得孩子任性了,高云山扑了上去,抱起顾阿四,把他抛了下去,交给三子和老七。小丫蛋惊恐地看着高云山,只听他说自己是新四军。小丫蛋不怕了,阿四哥哥说了,救命的神仙来了!

高云山掏出一根撬棍,从锁铐中间穿了过去,用力反向一绞,只觉这锁铐异常坚固,日本人的铸铁还真是过得硬。他持续用力,牙关咬得咯咯作响,头上青筋鼓鼓,后背竟然也出了一层毛汗。

高云山看了看前面,第二套备用的无人埋爆点就在眼前不远处,鲁川江等人已经被远远地甩到身后,看不见踪影。他手上用劲无果,内心一阵狂跳,若是打不开这锁铐,也绝不能放列车过去!只是这小丫头却须跟他一起牺牲了。

他豁出全身力气,只听一声断裂的声响,终于撬断了锁铐的铁链,手铐端头还在小丫蛋那纤细的手腕上挂着,可是毕竟已得了自由。

离起爆点已经不远了!高云山抓起小丫蛋,纵身就向车外跃去。

随着一声巨响,火光撕开了雪色和夜雾,列车似一条火龙般冲出了轨道。此刻的青田正在沿线巡逻,列车就在他面前爆炸了。他不知道的是，如果他勇敢一点，冲上前去，就能在不远处俘虏高云山。

八

杨葛亮入座后，气氛就变了，尾野看他的眼神也变了。尾野的思维方式和他的饮食习惯很像，在日本的时候，他喜欢吃一道菜叫清蒸河豚。河豚又叫泡泡鱼，有毒，但肉质鲜美。尾野喜欢细细地吃，慢慢地吃，从肚子软软的地方开始吃——他喜欢先简单，再复杂。

所以，他复盘整个列车翻覆案件的思维路子，也是如吃河豚一般，先简单，再复杂。

江瞎子是第一拨被质疑的——顾阿四不会开锁，那么就有第三人上车去救他——从观察到小孩的位置计算时间，也不可能先救人再及时点爆炸药——那么最大的可能是对方设置了两个起爆点，前面一个起爆点兼具观察和放哨的作用——青田看见爆炸的地方，实际上已经是第二道起爆点了。

一想到这，尾野就有点恨铁不成钢，这青田为什么不冲上去，要在大雪之下解开那个手铐，必定要费很多时间，说不定这是唯一一个俘虏对方的机会！

南京先生

杨葛亮搜了江瞎子的铺子和家，里面没有可疑的东西，看来这江瞎子是真有几把刷子，竟然能推算出当天自己的"计谋"不能得逞。这人号称神算，可不是吹的，中国的奇门数术、易经八卦，真是深不可测。他临走送了一卦，说"不识庐山真面目，只缘身在此山中"，指的是什么意思？那还用说？内鬼就在身边。

尾野一挥手，吩咐高鹤松再去做一道新菜来。桌上的松鼠鱼已经被江瞎子吃得一片狼藉，而其他菜品也凉了。

高鹤松小声问："尾野先生，您想点个什么菜？"

尾野看着杨葛亮，说："你知道我为什么要请江瞎子吃松鼠鱼？"

杨葛亮摇头，高鹤松沉默。尾野笑称："松鼠鱼是江南佳肴，先用油炸，后浇卤汁，造型别致，头昂尾翘，不愧为淮扬菜之魂。"高鹤松看着他，有点狐疑，这尾野先生为什么要点评淮扬菜？他记得尾野之前向他请教过松鼠鱼的来历，他说相传乾隆皇帝下江南吃了一道鱼肴，形状颇似松鼠，于是赐名叫"松鼠鱼"。其实在《调鼎集》中就有松鼠鱼的记载，倒是乾隆以来此菜逐步流传全国，到处都有松鼠鱼。

尾野道："江瞎子就如这般'松鼠鱼'，浇头一淋，吱吱叫，皮开肉裂，里面能看个清清楚楚。"

高鹤松不明他意，又问了一句："尾野先生，您要加什么菜？"

"有劳高先生,去做一道'双麻鸭方'来,"尾野看着杨葛亮,似笑非笑:"'松鼠鱼'一炸就开,但是'双麻鸭方'就不一样了,两面都要撒上黑白芝麻,很难分辨正反面。"

高鹤松点头称是,就下厨去了。他知道这是尾野喜欢的菜品,也是一道十分传统的淮扬菜,须得用料讲究,要先选好高邮麻鸭,腌制好,上锅蒸,蒸熟后去皮脱骨,选出净肉,混虾胶等物,两面撒上黑白芝麻,垒成方块形状,然后下锅油炸,鲜美无比,毫不油腻。

尾野用双麻鸭方来请杨葛亮,这就是在点他了。

杨葛亮也不怯场,他端坐在桌前,迎上尾野的目光,他并未表现出慌乱,也不敢表现出一丝心虚,如果自己心虚,就可能血溅当场。他虽然迎着尾野的目光,却并不平视,他仍然保持着上下级之间的分寸。

在76号南京区里,杨葛亮是近来最得势的人,可是在日本人尾野眼里,他不过是条狗,能放出去咬人的狗。这狗长得很好看,也很聪明,不光能审时度势,还能势利待人。

尾野说:"我很认可你说的。"

"有两个起爆点吗?"

"是的,葛亮君,你不愧是特务处最有头脑的人。"

杨葛亮低头:"不敢,我只是大胆推测。"

尾野说:"你和那个江瞎子一样,好像什么都知道。"

杨葛亮道:"可我还是不知道到底是怎么走漏了风声。"

尾野一字字道:"这也是我想知道的,希望葛亮君能告诉我。"

"我被尾野先生怀疑了?"杨葛亮沉声道,他声音很稳。

尾野抚摸着桌子边缘,那张桌子是老物件了,看样子是块云南的红木,经过日久天长的摩挲,都起了包浆。只听尾野说道:"来回顾一下吧,从我通知要更改军列班次,到案发,你都做过些什么?"

杨葛亮闭上眼,他已经闻到高鹤松厨房里油炸麻鸭的味道了,他芝麻放得重,香味透得灵魂都酥了。

尾野接到的情报是模糊的,新四军可能会发起一轮袭击,大概率是针对津浦线上的补给车,因为前方吃紧,滁州一带的日军混成旅部队正在等待着补给。新四军对津浦线的打击已经不是一次两次了,日方和汪伪政府都颇为恼火,尾野决定来一场狸猫换太子,把几趟列车的班次打乱,把军列藏在其中。

调换军列出发时间,需当层层报批,绝非他尾野一个派驻日官就能任意调动。这份请示层报的密电,只经过两人之手,而这两人均是日军驻地机要人员。

杨葛亮的第一个解释是:"报请调动军列班次的密电,走的是日军的机要系统,压根儿就没有经过汪政府的任何机要系统,怎么怀疑也不该落到我一个特务处的部门长头上。"

尾野冷笑道:"是吗?虽然请示调动军列的密电不经过你

的系统,可是军部批复后,日驻南京方面应当向车站管理部门发出指示,问题只可能出在这里。"

杨葛亮看向尾野的佩刀,江瞎子说那佩刀上血腥味儿未散,这人胡言乱语,不过鼻子却也真灵。杨葛亮说:"尾野先生,车站部的人,您刚刚不是亲自审问过了吗?有收获吗?"

尾野盯着杨葛亮,道:"有,很大的收获。"

"车站管理人供出什么了吗?"

"车站管理人是被一名代号'子鼠'的人策反的。"尾野说。

"重庆的,还是延安的?"

"重庆的。"

杨葛亮嘴角一咧,老东家又倒霉了。自汪伪政府在南京成立,南京方面的特务机构就开始广为拉拢老军统、老中统倒戈,杨葛亮便是那个时候投过来的。

"那这个'子鼠'的线索有吗?"杨葛亮问。

尾野淡淡道:"这位'子鼠'先生,已经在昨天早上被我抓到了。"

列车管理部门的这位泄密者姓袁,历任过管务、站长、铁路局专员、铁路株式会社联络员等职务,他的表兄在重庆做报业营生,因为报禁而差点丢了命,一年前来南京投奔袁姓要员,在经过一番亲情攻势之后,又许以重利,将他拉下了

　　　　　　　　　　　　　南京先生

水,收买列车信息。表兄谎称收买列车信息,是为贸易做些准备,袁姓要员也不是不知他收买列车信息意欲何为,一来因他表兄出手价金丰厚,二来这南京城边来来回回的铁路都置于日本人之手,他多少有些民族义气。

"慢,尾野先生,这段供词有问题。"杨葛亮提出异议。

"什么问题?"

"如果是重庆方面通过收买袁姓要员,那为什么这情报最后落到了新四军手里?"

尾野故作神秘,继续道来:"袁姓要员被抓获后,没几下全盘招供了,他每日将提前所知的列车信息记录下来,乘车前往城里北面一处咖啡店,与他表兄接头。"

他翻出袁姓要员应答审讯的口供:

"怎么接头?"

"无人接头,用暗语方式,把内容写到咖啡店的借阅书籍扉页上,然后自行离开,待我表兄前来取情报。"

由于袁姓要员乃是密捕,外界尚未可知,尾野便让人押送他前往咖啡店,假意留信,意在钓出他的上线。

"那你是如何对上线发出取情报信号的?"

袁姓要员答:"我让咖啡店员于中午十二时整,把外面的广告牌子翻过来。"

"那他什么时候前来取情报?"

"约定是下午一时一刻。"

下午一时一刻,尾野成功在咖啡店抓获袁姓要员表兄,代号"子鼠",至于在重庆受到报禁迫害云云,均是编造,其来南京已经有了不少时日,其隶属于军统南京站。

尾野道:"袁某人倒是颇有些忠肝义胆,可是他却想不到,他表兄把他表弟这冒险得来的情报,做成了两块一模一样的'双麻鸭方',一块交给东家,一块卖向早市!"

杨葛亮瞬间明白,原来这位"子鼠"先生,另起炉灶赚外快,那这样他的情报被卖到什么地方,都不足为奇了。

杨葛亮端不住了,又问:"那既然情报是这样漏出去的,为何怀疑我?"

高鹤松把"双麻鸭方"端上来了,香气扑鼻而来,尾野伸手:"请,葛亮君。"

杨葛亮不敢不动,夹了一块,塞进嘴里,烫得差点吐出来。

尾野让高鹤松先出去,房间里只留下杨葛亮。高鹤松退出去的时候,看了一眼杨葛亮:"这双麻鸭方有点烫嘴,杨先生吃的时候慢着点。"

尾野冷笑道:"我只怀疑你的能力。"

"为什么？"

"这还用问？你上半年是不是清剿了你老东家在南京的情报网？"

"是。"杨葛亮答得干脆,这是他的耀眼战绩。

"你是不是上报了战绩,声称已经清扫干净？"

杨葛亮有点发虚:"是。"

尾野道:"这样的贪财之徒,哪里禁得住审讯,他招出一条非常重要的信息。这条信息和你杨葛亮有关！"

杨葛亮不说话了, 他感觉自己像是被扔下锅里的鸭方,浑身都在油锅里发抖。只听尾野一字字道:"这贪财之徒招出一个重要信息,军统南京站的重要人物'野蜂',就在你的特务处里！你清扫干净了？你是真不知道,还是故意假装不知道？"

杨葛亮用力咬了咬牙,隔了半晌, 他才说出一句话:"我……我知道。"

"那你报上来的清剿名单里,为什么没有他？"

"我想钓大鱼,我想弄清楚他的上线是谁……"

尾野打断他:"你不光早知道这'野蜂'是谁,你还早知道他的上线是谁。"

杨葛亮惊呆了,他确实知道目标的上线是谁,只是还没有一个抓获他的契机,于是他悄悄留着这条线,有另外的巨大用意,尾野连这个也知道了。

"葛亮君,双麻鸭方的吃法,是两面都好吃……我知道你掌握了他上线的一些信息,你就是迟迟不动,是想两面都吃,是不是?"

尾野按住他的肩膀,杨葛亮抖得像是筛糠。"我替你说吧,这个'野蜂'的上线,很有可能就是蛰伏在南京城里的一号人物——'南京先生'。"

杨葛亮使劲儿点头:"对,尾野先生,我想用……"

尾野手上用劲,杨葛亮的筷子掉到了桌上,他恶狠狠地盯着他:"笨蛋,你不说,我已经知道了,他姓高,是高鹤松的儿子!"

杨葛亮目瞪口呆,尾野的情报手段远超他想象,他脑中飞快盘算,应该如何自圆其说。

尾野缓缓道:"你留着这条线不报,是有何用意?是想抓获此人后,把口供引向高老先生?大家都知道,高老先生是鄙人在南京的至交好友,我与高老先生过从甚密,不由得引人浮想联翩——以往的泄密是否由此而起?你想的是用他来拿捏老子。"

杨葛亮慌道:"我只想钓条大鱼,向尾野先生邀功!"

"只怕不是向我邀功,而是向我上头的司令部邀功!"

杨葛亮不说话了,他留着这条线不报,确实有私心。他挖出"野蜂"的时候,就细细审查过了,"野蜂"的上线是军统南京站的一号人物"南京先生",他是整个情报单元的指挥官,经营南京各政府部门里的情报员，形成了一个巨大网络。"南京先生"和"野蜂"的关系，即是联络人和情报员的关系，也是上下级关系。

在杨葛亮的审讯中他获知，"南京先生"是处于南京情报组织的枢纽地位，处于"一对多"的地位，指挥着打入和拉出的各路情报员。然而，包括"野蜂"在内的许多情报员都不知道"南京先生"的行踪，此人藏身得极好。杨葛亮通过各种信息拼凑出此人的大致信息，要捕获他，必须利用"野蜂"作为钓饵。

他为什么不报，原因很简单，尾野猜得八九不离十。"南京先生"如果是高鹤松的儿子，这事就有意思了。他调查过，尾野不光是爱吃高鹤松的菜，他还把高鹤松当好朋友，二人之间有着深厚友谊。有时候杨葛亮想想也好笑，这日本人本来是要高鹤松帮忙做宣抚，结果自己也成了高鹤松的朋友，到底是谁宣抚了谁？

这下好了，如果高鹤松涉案，尾野会怎么样？他怕不怕"派遣军"司令部责罚，他怕不怕瓜田李下？杨葛亮不得不慎之又慎，他忽然意识到自己的前途即将变成一片通途。一旦他查实了高鹤松及其公子为军统效力，要么和尾野做秘密交换，要么向尾野交投名状，不管哪一种，尾野都将和他绑到同一艘船上，抑或成为他的后台，他想在汪伪政府里再上一步，太需要尾野帮忙了。

尾野看穿了他："杨葛亮你很聪明，可是太喜欢耍小聪明，这会把自己套死的，咱们换个思路，你知道高家儿子可能是'南京先生'，你不报，你是不是在掩护他？"

杨葛亮平复下来，他恢复了一点冷静，说："尾野君，我的这个嫌疑很好洗刷。"

"如何洗刷？"

"您让高鹤松跟我走，配合去抓他儿子。"

尾野笑了，道："你想太多了，葛亮君！"

杨葛亮沉吟半晌，目露狡黠："76 号南京区里都说，您不发话，没人敢上手抓高鹤松。"

尾野盯着杨葛亮，目光灼灼："帝国荣誉当前，鄙人从来没有朋友！"

杨葛亮笑了，这下他的目的达到了，他吃了一口双麻鸭方，真好吃，不愧是老派淮扬菜的嫡传掌门高鹤松，凭这手技艺，能拉近和尾野的距离，可他自己就不一样了，还得费尽心思。

吱——门开了。

尾野一伸手："高鹤松君，请坐。"

杨葛亮不笑了，原来这碗筷本来就有一副是高鹤松的。

"聊聊吧，你和'南京先生'的关系。"

南京先生

九

高云山是读书人。他父亲是淮扬菜的高人,开着饭馆,供他求学。

在他上战场杀敌之前,所有人都误会他了,以为他不会拿枪。

他和鲁川江是同学,两人当年从南京城北上,师承中国大学化学系汪德熙。1938年叶企孙组织北平的知识分子离开敌占区,前往各个根据地,为抗日力量开展兵工科研。

有的师友选择就近去冀中,而高云山选择回苏,随后与同学鲁川江一道加入新四军。

在高云山的记忆中,北平的秋天是最美的。那处处可见的银杏叶和枫叶,那北国的蓝天,在葱茂的树木间歇中,掩映着红色的墙和黄色的瓦。

那个时候的高云山年轻,有活力,有热血,面对即将国破的局面,立志要以自己的所学来报国。他在学堂里被结识了鲁川江,鲁是高邮人,算是半个同乡,对于新式教育的课程,二人都有着极大的求知欲。鲁的高邮口音说起话来像是密码暗语,能听懂者甚少,刚到北平那会儿,连和女同学交流都要高云山帮忙翻译。

二人在北平过的第一个冬天,相约到雪地里打仗,鲁川江体格健壮,把高云山直干得趴下,棉袄脖子里被塞进了一堆雪,着凉发烧半个月。高云山打那后就骂鲁川江是大傻,下手没分寸。

他们二人所修的都是化学,这在当时属于冷门生僻的新学工科。在高云山给老家父亲寄去的信里提到了自己的专业,老父亲回信问他:"化学为何学? 化外之学? "老父亲还在信里面表达了对高云山在北平生活的担心,北方冷不冷? 每月的零钱够不够? 高云山自小丧母,与父亲关系笃深,父亲一把厨勺养大他和弟弟高二郎。

高云山记忆中给家里的最后一封信,是告诉弟弟高二郎好好把家里看好。他一直觉得奇怪,父亲从来不在信里提弟弟。

他在求学这事儿上,很是下功夫,因为家里把所有机会都给了他,让他外出求学,得以开阔眼界,接触大千世界。而他弟弟高二郎却只能跟在父亲身边,日日与柴米油盐为伍,被强令学习父亲的厨艺。

作为进步青年,去北平读书,把青春和热血化作周期表里可以发光的元素,这是高云山和鲁川江一起做过的梦。但他们二人可能做梦也想不到,自己所学的东西,会成为战时兵工的重要支撑。汪教授在课堂上讲过,化学是什么? 那可不是什么简单的分子式、元素表,那是无穷无尽的力量源头!

从日本侵略者发起战争开始,中国军队就常常处于比较被动的局面,军需供应吃紧,不论国民党军队还是共产党军

南京先生

队,都面临着一个重要问题——兵工建设。人饿了需要吃饭,打仗需要枪炮子弹,没有后方兵工,前方是捉襟见肘的。

特别是共产党军队阵营,缺子弹,缺炸药,怎么办?本身兵工建设薄弱,光靠缴获,怎么可能打规模仗?仗打到现在,双方已经从最初合作抗日的亲密期,发生了一些变化。双方摩擦不断,特别是南京城外的新四军,空气里都能嗅到"友军"的不怀好意。

最好的法子,只有靠自己。中共的领导人以卓越之眼界,游说民族学者充实后方兵工,自己动手,搞兵工开发,每个游击战争根据地都必须尽量设法建立小的兵工厂,办到能自制弹药、步枪、手榴弹的程度。

叶企孙等人带着学科大师和学生南下,首先就受到冀中司令员吕正操的热烈欢迎。高云山和鲁川江也是在那个特殊时期先后离开了北平。离别临行,他面朝校园湖畔,内心颇为不舍,这一番兵荒马乱,不知何日得以再回象园。

鲁川江问高云山:"高兄,我们什么时候能回来?"

高云山看着他,目光灼灼,他决定在鲁川江面前引用一首诗词,他是工科里的秀才,他看书,看报,读《新青年》,值此诀别之时,却想用一首古诗来抒发胸臆:

金陵夜寂凉风发,独上高楼望吴越。

白云映水摇空城,白露垂珠滴秋月。

月下沉吟久不归，古来相接眼中稀。

解道澄江净如练，令人长忆谢玄晖。

等他把这首《金陵城西楼月下吟》诵毕，校园湖畔已是晚霞沉醉，湖水泛着金波，映着高云山和鲁川江的脸，二人脸上俱是泪珠。

远处的教室灯光已经不再亮起，从今天开始便没有晚课，也没有自修，埋头念书做学问的无忧时光，被骤然而来的风雨砸得镜碎。侵略者已经打破城门，值此巨浪滔天之际，热血青年无不思以身许国。

鲁川江问："你真的决定要上战场？"

高云山说："是。"

鲁川江问："说不定我们都不能回来。"

鲁川江递给高云山一个笔记本，文字娟秀，颇为清丽，一看就是女生的字。高云山有点疑惑："这是何物？"

鲁川江用他那费解的高邮话说："你之前让我帮忙递纸条的女同学，她昨天跟随进步团去冀中了，让我把这个给你。"

高云山脸上一阵红，他在学堂里暗恋过一个女生叫黎观云，他一直没有机会向她倾诉心声，应该说，他一直不敢向她倾诉心声。他那谦和君子般的勇气极限，是请求鲁川江帮忙递过一张纸条，那纸条里夹着高云山手抄沈从文先生的文字。

黎观云是班里的优等生,这笔记本上写满了她的学业笔记。高云山顿时汗颜,黎观云一心向学,自己却还想着儿女情长。

她的歌声很好听,高云山第一次听见她的歌,是在学堂的新年晚会上,年轻的学子对于新年晚会这样的新鲜事物都特别激动,报名上台献艺的人也颇踊跃。高云山是文艺积极分子,学联会分会委托其组织选拔节目。他记得那天是个寒冷的冬日,日光慵懒,云天拖倦,北平的风却任性而热情,穿过了校园里的橡树、松树、柏树,穿过了湖水、假山、教学楼,积雪很厚,踩上去要留出半截脚印。

在同窗眼里,能够去选拔节目实在是美差一件,高云山不敢私美,他叫上了拜把子兄弟鲁川江,早早地前往象园小剧场内等候。他和一众共享美差之人,支起了一张长条木桌,桌上铺一册文书本,灰毫笔墨放在右边,挨个登记前来试选的节目。

高云山端坐台前,施施然,拿鸡毛当令箭,安排鲁川江等人执笔登记。登记节目的人越来越多,鲁川江笔墨不及,写得手软,暗骂高云山是使唤他下苦力,而自己却尽享各试演节目之提前观瞻。

这一番试演从早晨直到傍晚,鲁川江已经写不动了,其间高云山体谅他,递给他一支钢笔,用硬笔替代毛笔,希望

53

能减轻鲁川江手上的负担。鲁川江抬起头,问高云山等人,还有节目否?

高云山冲围观人群中喊了两声:"若没有节目,今日试演登记便就此作罢。"

蓦地,远处响起了一阵女声,有人在唱歌。这歌声温婉而悠扬,穿过了校园里的橡树、松树、柏树,穿过了湖水、假山、教学楼……这是江浙一带的采茶歌,"妹妹采茶去,春光里多艳丽,这蓝天和白云,是人生的意义;妹妹采茶去,如果还能够,让我遇见你……"

高云山从小就听过,他像是着了魔,远远看见最后一个试演节目的姑娘黎观云,她温婉如玉,明眸皓齿,笑起来一侧有酒窝,皱起眉却柔中带刚。

那天的歌声绕着小剧场的屋顶旋转,把所有人都吸引住了,天空忘记了落日,湖水忘记了积雪。她虽然只身穿一件灰蓝的粗简校服,却似有一道光从天空之中垂降,把她笼罩,照得她浑身上下都在发着光彩。

高云山回到现实之中,他望向校园里的橡树、松树、柏树,望向湖水、假山、教学楼,仿佛那天的歌声又一次随风穿行。今时不同往日,他长叹一口气,手指触摸黎观云的笔迹,顿觉那纤薄的纸张触手生温,以往同窗之情历历在目,而青梅错付,竹马难追,最遗憾尚未吐露心声,就已遭遇战火纷飞,此刻临别赠礼,想来后会无期。他问自己,今生和黎观云还能不能再见面？若是能见面，自己必得见面就告诉她，自己早已坠入康河。

鲁川江说："高兄，这笔记本我帮你收进行李吧。"

高云山定了定神，他琢磨鲁川江说的话，说不定，我们都不能再回来了。

高云山握紧了手中的笔记本："不会的！我们定能回来。当然，这一场救国之战，或许我们会丢了微不足道的性命，或许我们会离开自己所爱的亲人，或许我们也来不及和心仪的女生告别……但，我们终究会回来。"

高云山看着鲁川江，鲁川江嘴唇颤动，欲言又止，他泪眼泫然，握住了高云山的手。二人皆在内心同念：若有一日许国捐躯，请兄不要悲伤，他日重回象园，见着湖水波澜，那晚霞再次金光闪闪，便是我回来见兄。

夜幕终于降临，校园里的星星各自散去，青年去赴所需之处，这乱世之下，当真是人若浮萍。高云山和鲁川江辗转多地，两人分分合合，高云山最初在芜湖一带一处隐蔽的兵工部门，就任供给部化工工种。那个时候的子弹是不够的，在战场上捡回来的空弹壳必须重复利用，于是高云山等人设计出用机床打击铜板，制造弹底壳、复装弹的法子。

鲁川江加入新四军以后，担任过一段时间的侦察兵，他遥遥看见津浦线上运送资源的日本列车，就一肚子火，那是一条条吸血的虫子，把肥沃富裕的家乡抽吸贫瘠！他想，我们要是能袭扰它，就能给敌人震慑！于是他设法致信高云山，以学术求教的名义，请求高云山一同设计电发火装置："二傻兄鉴下：兄之专业所长皆优于我，请速来助我完成研究……"高云山收到信，暗自好笑，这大傻是开了窍，会用"隐语"了。

二人于两年后再聚首，不光研发炸药，还亲自上场试验炸药。南京城外的数次炸弹袭击日方列车案件，正是来自这技术过硬的电发火装置。

高云山在战场上展现出出色的能力，他很快就脱颖而出，成为战场上的精英。他很自豪，他相信他的父亲、他的弟弟都会为他骄傲。

他和鲁川江设计的炸车方案，屡屡得到上级认可。可是这一次行动后，高云山却被处分了，因为救顾阿四和小丫蛋。

他觉得冤！

上级说："你这是擅自行动，不服军令。"

他说："救人要紧，为了群众。"

上级说："孤身冒险，逞个人英雄主义。"

他说："我和鲁川江是商量好的，还带了老七和三子做策应。"

上级说："你那是不按既定方案作战，容易造成战场失控。"

他说："马克思、列宁先生告诉我们，革命不能教条主义！"

上级说："贸然登车,要是暴露了怎么办? 要是日军惊觉了怎么办?"

他说："有第二套方案……"

上级怒了,一拍桌子："什么第二套方案,根本没有上过验证报告,你这是拿整个战场大局来冒险! 传令兵! 警卫! "

高云山被缴了枪,他喊："难道那两个孩子不当救吗?"

鲁川江正要替高云山说两句,被一旁的参谋长制止："老鲁你可要想明白,若无汝之补救,只怕高云山要造成流血的错误,汝之有功,高云山有过,可别掺和进去。"

原来上级把最后的第二道补救起爆线看作了鲁川江的手笔。

高云山看着鲁川江,想兄弟能给他一点支持,哪怕说两句也好："大傻,你说两句啊。"

鲁川江侧过头,不说话,看不清表情。

参谋长和上级看着高云山问："谁是大傻?"

公告很快就出来了："高云山擅自行动, 不服从命令,自恃知识分子臭病,不肯接受工农群众思想,无组织无纪律,走自由化路子……逞个人英雄主义,不顾大局……"

他被罚了,上级要他离开队伍!

怎么会罚得这么重!

十

高鹤松入座的时候,那份双麻鸭方已经凉了,但是他却没有动筷子,他在等救兵。

尾野看着高鹤松,这位仙风道骨的老头是他在南京,不,应该说是在中国,为数不多的——朋友。

尾野的原生家庭在日本岛内的社会圈层里,位阶并不高,他能坐到今天的位置,实属是拿命换来的。他残酷而冷静,身边的人都怕他,奉承他,阿谀他,他内心却希望真正有一个可以认同自己的朋友。

青田算不算这样的朋友?

算。可是青田骨子里那种软弱令尾野实在不能苟同。

如果不是因为内心深处的寂寞,尾野早就把青田扔去喂狗了,这家伙,居然故意避战。

高鹤松就不同了,他渊博而平和,醇厚而积淀,代表着尾野内心渴望和仰慕的中华文化之灵魂。

杨葛亮激将尾野,说 76 号南京区里都说没有尾野点头,谁也不敢动高鹤松。

这话可不是子虚乌有。尾野在南京的大部分休闲时光,都是在和高鹤松下棋、吃菜。

和太君有着这样的交情,已经足够高鹤松在南京城里呼风唤雨了,可是他没有一丝恃宠的意思,依然开着自己的鹤

　　　　　　　　　　　　　南京先生

庐饭馆,偶尔给熟悉的客人下下厨,这为人之品格就颇为清高了。最重要的是,在尾野和青田需要搞一些宣抚工作的时候,他又倾其资金,代表乡绅士绅,给老百姓施以恩惠。

青田曾赞誉高鹤松,是实实在在地为共荣圈奋战啊。

所以,杨葛亮点破"南京先生"是高鹤松儿子的时候,门外的青田颇为震惊。

高鹤松不说话,看着桌上的菜,他等的就是青田,在尾野面前,只有青田能帮他说上话!

青田是最后一个赶到饭局的,他刚刚去领了赏。他走上木阶梯,就听见了尾野最后的问话,虽然没有听到前因后果,可是隔着纸糊门窗的房间里透出一种肃杀的气氛——高鹤松涉案?青田领赏的高兴劲儿一下子就被打没了。

他领了什么赏?列车在他的警戒段被炸了,他凭什么领赏?

在当天夜里列车被炸时,青田直接被吓破了胆,在他防区里被炸的,尾野搞了这么多花样,列车还是被炸。他当场就吓晕了过去,他的同伴立即组成了防御阵形,一前一后,护送他往后撤。他们掐他人中,他不醒。同伴中有人喊了句"高先生",他才诈尸般弹了起来。

他想起了高鹤松的嘱咐——如果列车在自己防区里被炸该怎么办?

不能退！一退就要承担所有责任！青田被吓倒，不是因为列车被炸，列车被炸已经不是一回两回了，他是害怕新四军对已经翻覆的列车发起攻击，他那警戒段的几个人、几条枪，当对手的下酒菜还不够。

如果对手要发起总攻，那要不要抵抗？必须抵抗，边抵抗边退！

他醒转过来，摇了摇脑袋，立刻要求部下退入简易的掩体工事，指挥两排队员依次放枪，造出火力充足的假象。片刻之后，黑夜里一片寂静，对方既没有冲上来总攻，也没有上前收缴军列里的物资。

列车里钻出一些惊魂未定的日本兵来，有个长官模样的人一脸是血，大叫大嚷，开始指挥就地警戒，稀稀拉拉的阵形在青田警戒队的掩护下逐渐排开。青田吹响了号哨，亮明了番号，指挥人手冲向正在燃烧的车厢，协助抢救。

在高云山原定的作战计划里，炸翻列车之后，小分队是要冲上前去的，趁着爆炸起火之际，消灭列车里惊魂未定的警戒力量，然后收缴战利品。

可是爆炸点变了，这是第二个无人爆炸点。发起攻击的作战计划不得不放弃。于是青田那象征性的抵抗，就变成了临危出手，护卫军列，成功阻挡对手攻势，兼抢救军列士兵，保住物资的功劳了。

这哪里是胆小，这分明是有功。高鹤松告诉过青田，对手

　　　　　　　　　　　　　　　　南京先生

如果是在你的防区里炸车,一定不会轻易发起攻击。

"为什么?"

高鹤松说:"我也不知道该如何分说明白,这样说吧,你管辖的警戒段,离主力部队太近,对方吃不准你的火力,如果发生纠缠,主力部队围上来,岂不糟糕。"

青田摸着小胡子说:"高老先生,您很懂军事要略。"

"越是害怕,越要虚张,您看看《三国志》里的'空城计'!"高鹤松摆手,"我不是懂军事要略,只是因为我和青田先生是朋友,所以我能站在朋友的角度来思考此问题。"

此刻,青田终于明白高鹤松的意思了。军列上的长官,在第一时间向上面汇报了青田的英勇果断,料敌先机,以火力充足之假象,掩护军列里的警戒人员获得喘息之机,得以迅速重振阵形。

青田站在门外,听见尾野称高鹤松涉案,他脑子一抽,想到了问题的另一个可能性:高鹤松是不是提前知道了对方的情报?

尾野咳嗽了一声,然后请青田进来。

青田耸耸肩,说:"这一桌子的菜真香,可惜尾野你却没有胃口。"

尾野道:"高鹤松君的厨艺,只怕以后也没有胃口。"

高鹤松没有说话,他半阖着眼帘,像是老僧入定。

青田径直拉开一把椅子,坐了下去,他坐在杨葛亮的旁边,对面看着高鹤松,留意到旁边江瞎子吃过的碗,看来有人已经先离场了。"谁先离席?"

杨葛亮向青田躬身行礼,道:"一位算命的术士,已经排除了尾野先生的疑惑。"

青田问:"哦,原来如此,那你为什么还没离席?"

杨葛亮一愣,他一脸汉奸相,道:"卑职要为二位太君服务到最后。"

青田笑道:"我就免了,闲人。你好好伺候他,尾野君。用你们中国话说,叫'如日中天'。"

杨葛亮赔笑道:"哪里哪里。"

尾野沉声道:"青田君,你来得正好,我正要和你一起看看这位老朋友的真面目。"

青田问:"谁?"

"明知故问,谁还能叫老朋友?"

"高老先生?"

"正是。"尾野冷笑,"除了他,还有谁在我面前,能叫得'老先生'?"

青田道:"高鹤松君自然叫得,自然叫得,渊博温和,广为人善,一手'淮扬嫡传'的手艺,有口皆碑。"

"对,"尾野盯着高鹤松,杀气大盛,"只不过,今日过后,你这手淮扬菜……只怕要失传。"

高鹤松终于说话了:"尾野君的意思是我有罪?"

尾野道:"对,你有罪!"

高鹤松淡然道:"老朽何罪之有?"

"你儿子为敌人做事,你知否?"

高鹤松道:"我儿子为敌人做事,又不是我为敌人做事,老朽何罪之有?"

"巧言令色!"杨葛亮该出来表现表现了,他说道,"你知悉不报,视如同谋。"

高鹤松微微一笑:"三位是何时知悉?亲亲尚且为隐,何况老朽今日才知道。"

亲亲相隐,又称"亲亲得相首匿",是汉代刑罚适用原则之一,来源于《论语·子路》中的"父为子隐,子为父隐,直在其中矣",指汉代法律所规定的直系三代血亲之间和夫妻之间,除犯谋反,大逆以外的罪行,有罪可以相互包庇隐瞒,不向官府告发;对于亲属之间容隐犯罪的行为,法律也不追究其刑事责任。

对中国文化仰慕至深的青田与尾野,自然也明白这个成语的意思。

青田一敲桌子,道:"好一个'亲亲相隐'。"

尾野面色一沉:"青田君,今日勿要为他说话,否则同罪。"

尾野抽出佩刀,放到桌上,逼问高鹤松道:"你既然用到'亲亲相隐',便是承认杨葛亮所说。"

高鹤松冷静道:"子为其主,父为其主,不过各为其主。"

青田道："高鹤松君，您的意思，依然效忠天皇？"

高鹤松道："我子多年离家，杳无音信，南京城上下俱可做证。我本待传他厨艺，他却偏要南下广州闯荡，也怪我旧时管他太严，才生出如此叛逆性子！"

青田喝了一口茶，那茶碗里水也凉了，在冬日里格外寒冽，他一字字道："鄙人倒是无意替高鹤松君说话，若高鹤松君今日才得知儿子行踪，恐怕还算不得知情不报……只是这'南京先生'之线索，杨葛亮君知悉不报，又是何意？"

他言下之意，高鹤松今日才知悉儿子所从何事，有何罪之有？但杨葛亮怀有二心，却是铁板钉钉。

高鹤松向青田投以感激的目光。这些年来，高鹤松不光宣抚了老百姓，看来也宣抚了青田。青田账户上每月都有大额进账，自然是高鹤松的手笔。

杨葛亮有点慌，青田和尾野是什么关系他知道，这事又引到自己头上了。

高鹤松淡淡道："青田君有所不知，您来之前，杨葛亮先生曾表明心迹。"

"哦？愿闻其详。"

"他说他要验证自己的忠心很简单。"

青田问："他待要怎样？"

高鹤松道："只要把老夫抓住，钓出'南京先生'，便能证明没有二心。"

"这倒不失为一个好办法。"青田摸着小胡子,"可是我却有比这更好的法子。"

尾野沉声道:"说说看。"

青田站了起来,踱步到了高鹤松背后,他轻轻拍了拍高鹤松的肩膀,道:"既然抓住'南京先生'就能验证忠心,高鹤松君请您把儿子也征募过来吧。"

此言一出,高鹤松如闻雷轰,他发现自己手在抖,用了老大的劲儿才克制下来,这青田虽然软弱,可是使起坏来却不落人后。

杨葛亮简直要跳起来,他喊道:"只怕不妥! 万万不成。"

"为什么不成?"青田斜了他一眼,"争取敌人阵营倒戈,不是攻心为上吗?"

杨葛亮沉声道:"只怕这两件事还有些不同。"

青田眉头一皱,故意问道:"有何不同?"

尾野说话了:"葛亮君,你不也是从重庆阵营投向汪政府的?"

青田接口道:"这投诚的事,你投得,为什么高家公子投不得?"

这话题可没法继续接,必须马上转移,杨葛亮失笑道:"蛰伏得这么深,岂是轻易可以征募的?"

青田道:"蛰伏得这么深,你又如何断言能捕获他?"

"我……只要把高鹤松扣在手上!"杨葛亮恨恨道。

青田道："你连对方藏在何处都不知，高鹤松君亲自处理，把握会比较大。"

他偷偷看了一眼尾野，尾野不说话，但从神情上却表示出了赞同。

杨葛亮道："他投诚后，能做何事？"

青田又道："高家公子如若投诚，南京情报网可一网打尽，岂非比你的作用更大？"

杨葛亮不说话了，尾野笑了，他把佩刀收进了鞘内："青田君，你终于开窍了。你这软骨头，并不笨。"

青田笑道："宣抚和征募，形式有些不同……相同之处，都在人心。"

尾野看向高鹤松，一字字道："法子已经想出来了，我给高鹤松君一点时间，把高家公子从对方阵营拉出来。"

青田提起了高鹤松脚下的水壶，壶里的水是刚刚烧开的，他给高鹤松倒了一杯热滚滚的茶。

尾野道："可是，谁来监督？"

青田道："法子既然是在下提出的，那在下这些日子自然不能离开高鹤松君寸步了。"

尾野问道："那青田君的巡逻警戒段怎么办？"

"事关大局，我只好搬回南京城里了。"他老早就不想在警戒站干了！

尾野笑道："真是得了便宜还卖乖。"

南京先生

青田笑道："届时,这淮扬菜想必不会失传。"

尾野道："儿子活着,就不会失传。"

青田又道："届时,这'老先生'的称谓想必也不会改口。"

尾野阴森森道："父亲活着,就不会改口。"

青田在尾野面前能说上话,高鹤松原本指望青田能助他,可是青田却出了如此一个损招,青田可真够朋友啊。不过在青田看来,如果他真能办成此事,尾野还有什么好怀疑他的呢?

高鹤松端起了青田的茶,那茶水抖出了杯沿,烫红了手,却没有知觉。茶水里倒映出他的脸,青一阵,白一阵,这个难题,该怎么办?

十一

高云山坐在山坡的一块面东朝向的大石头上,他心情很沉重。大雪过后的空气格外清新,阳光照过山坡的一半绿皮,一半黄土,在光和影子的交界处各自缠绕,模糊不清。

他看着云层发呆,这天大地大,自己该何去何从,回南京城里见父亲,还是去冀中寻找黎观云?

今日的能见度很高,他竟可远眺浦口梅山。从梅山再往前,就是他的出生地了,那里叫西善桥。西善桥这个地名,和许多以"桥"为名的地方一样，它所在之处确有一座古桥。

"西"是指地理位置，"善"是指行为，"桥"是连接两岸的建筑物。中国传统文化自古把"修桥筑路"看成是最大的行善积德之举。秦淮河的故道古称"新林浦"，是一条起自牛首山，流向长江的河流。

当年河上并没有桥梁，给两岸百姓出行带来了极大的不便。乐善好施的牛首山僧人四处化缘，凑齐费用，在牛首山东、西各建一座三孔石拱桥，人们把这两座桥分别取名为"东善桥"和"西善桥"。

高云山在山坡上发着呆，他已经很长时间没有从坡上下来，天寒地冻，他简直没把自己当成肉体凡胎，直斥那天地不公，敢任意在自己身上盘剥。

他被宣告清除出队伍！他胸中烦闷极了，这比当逃兵还屈辱，这可怎么见家乡父老，堂堂金陵男儿，怎能如此受辱！

他脑子一抽，突然拔出了匕首，想要自尽。

这柄匕首在昏暗的阳光之下熠熠生辉，端的是做工精美，匠心锻造，此乃他在战场上缴获之物，战友长官皆羡慕不已，甚至多次想用缴获的军刀来换。

"高兄，不——"带着高邮话的口音从身后传来。

这声喊不喊也罢，喊了高云山更是气不打一处来，他心中恼怒，举刀便要刺向自己。

就在此时，阳光照向匕首之刃面，反射之光辉灼住高云

南京先生

山双眼,他闭目那一刻,脑子闪过父亲和黎观云,想起了把一切机会都留给了自己的弟弟高二郎,他长叹一声:"好男儿要留着有用身,岂可如此?"

鲁川江连滚带爬地跑了上来,拉住高云山的绑腿:"万万不可!你若要刺,便来刺我!"

高云山本来恼他,可是见他这般模样,终究念及兄弟之情。他把匕首往腰间一插:"谁要刺你,脏了老子的宝刀。"

鲁川江一脸的冤屈:"我怎么了?"

"好你个大傻,竟然这般居心!"

鲁川江被骂得愣住:"我有啥心?"

"兄有难处之时,你只作壁上观,看来是想顶替我这个位置有些时日了吧,如此同窗,实为不义!"

听到他如此刻薄的话,鲁川江面露难色道:"同窗早就过去多年,如今同为革命军人,违抗参谋长,实为不忠。"

"实事求是才是真理!"

鲁川江一撒手:"你登车救人,我未拉住你,这事我亦有责,你打我吧!"

"好,有种!"高云山抓起他的领子,举起拳头。

鲁川江眼睛紧闭,忽觉脖子一凉,哎哟,这高云山是动了刀子抹我!他一摸脖子,只觉颈项之上淋淋水滴,高云山将一把将化未化的雪水塞进了他的领子。这情景就如他二人在北平求学之际,打雪仗游乐之时。

鲁川江冷得打激灵,喊:"大傻冻也冻了,气顺了没?"

高云山绷不住,笑出声来,鲁川江知他性子本来豁达,不过受了委屈一时想不开,也不真怒,全系心中不快,等出了这口气,也就解了。

鲁川江道:"好高兄,这宝刀还是去刺当刺之人,这有用身,还是去做有用之事。"

"谁要你废话饶舌!"高云山笑了好久,心中烦闷之气也散了,问鲁川江,"那两个小孩儿怎么样了?"

鲁川江说:"已经安置妥当,送走了,临走给了两件改小的袄子,一袋面粉,还有一包糖。两小孩临走说要见活命的神仙,我说神仙已经走了,见不上啦,孩子说话间眼泪就在眼眶里打转。"

高云山默不出声,这俩孩子也真是苦命人。

"送回去后,日本人会不会为难他们?"

"怎么能送回南京,那尾野如此歹毒,必定报复在孩子身上,他们去了别处,过些时日再去把小丫蛋的哥哥接过去团聚。"

高云山道:"思虑周详,谁的安排?"

鲁川江道:"罗参谋长。"

"首长真是……"高云山长叹一口气,自己救了人命,挨了处分,也值了。

鲁川江问:"兄如今做何打算?"

　　　　　　　　　　　　　　　　南京先生

高云山道："我这清退之人，能有何打算？若你迟来一些，只怕我气顺不上来，就把自己刺死了。"

鲁川江忙道："兄千万不可如此，我来寻你，是参谋长要见你！"

"哦？何事？"

"想必是战士们求情，想要上级收回处罚。"

高云山被罚出队伍一事，在队伍里激起轩然大波，跟他一起出生入死过的战士站在雪地里求了好一阵情。带头求情的鲁川江第一个被轰了下去。

高云山自己都不信："军令如山，岂可儿戏？"

鲁川江目光灼灼道："我奉参谋长之命，带你去见他！"

高云山和鲁川江下得山坡，遥见坡下两匹大青马已经备好，鲁川江和高云山上马后向东而行，绕过驻地，直往城外而去。

二人二马往丛林而行，先上山，复又下山，在灌木中穿行多时，又走了一段崎岖山路，马蹄在石头上踩得艰难，颠簸不已。高云山心中狐疑，参谋长要见我，为何要找个如此古怪的地方？

他看了看前面的鲁川江，不知这大傻葫芦里卖的什么药。

"大傻，还要走多久？"

"不该问的，不要问。"

"为何走这么远？"

鲁川江答："不该问的，不要问。"

再行片刻，二人终于得见一处平坦之地。高云山一眼望去，此处榛木围绕，参天古木肆意生长，可谓遮天蔽日，那丛林之中隐隐有一处木屋，极是隐蔽。

鲁川江把高云山引向木屋，高云山问："大傻，今天你为何神神秘秘？"

鲁川江面露难色："参谋长吩咐了，不该问的……"

高云山截口："不要问！"

鲁川江得意一笑："你记住了这个就好，我也是传个话，带个路，一会儿你和参谋长聊的什么，我一概不问。"

高云山失笑道："若不是你带路，我还以为要枪毙我。"

"哪里的话，高兄，你离开队伍，今后咋办却没个计较，参谋长想必是与你商量出路。"

高云山道："我如何没有出路，我换个地方，一样干游击！"

鲁川江道："高兄还是听听参谋长怎么说，游击固然是好，可咱们一日穿上军装，便终身是工农的兵，听命令，听指挥！"

二人正说话间，已经走到木屋跟前，那木屋灯便亮了。

高云山推开木屋门，只见里面陈设简陋，是间柴屋。一张方桌，参谋长与另一男子端坐饮茶，高云山正要提步，见鲁川

南京先生

江站在马旁不动。

高云山道："外面这么冷,快进来。"

鲁川江道："不,你进,未得允许,我不能进。"

参谋长见他二人磨叽,喊："高同志,你一人进来。"

高云山快步上前,敬礼："参谋长,您找我?"

参谋长笑着寒暄："这么冷的天,请高同志过来,快坐下饮茶。"

茶是粗茶,多半是在这山林里就地取材,茶汤清澈,颇有暖意,柴火烧好的雪水正在沸腾。

高云山看了一眼对面的男子,那男子一言不发,直到参谋长把自己杯里的茶水饮尽。参谋长道："高同志,今日不是我找你,而是这位同志找你,有重要事件他须与你单独说明,且此事外人不得旁听,我只有一点要求,无论他吩咐何事,请高同志以党性为本,务要思虑清楚。"

高云山听他说得严肃,不由得心里一紧,什么事如此严重?

参谋长把杯子放下,缓缓道："剩下的时间,就交给二位了。"

参谋长领着门外的鲁川江走了,骑走了高云山的马。

屋子里只剩高云山和神秘男子,男子终于开口："敝人姓徐,名讳上希下贤,目前临时负责南京地下工作,他们称我徐书记。"

高云山恍然大悟："原来是组织来人。"

徐希贤道："高同志，我与你同是西善人士。"

高云山端详徐希贤，他脸形方正，清瘦稳重，一身粗布长衫浆洗得发白，他手指干燥而修长，双目灵动有神，浑身上下透着坚毅。

"徐书记调查过我？"

"不讲调查，就是一般了解一下，高同志家里还有什么人在？"

高云山道："我家尚有父亲……还有二弟。"

"您了解您的父亲和弟弟吗？"

高云山一头雾水，今天来的要员，是来和自己谈父亲和弟弟的，这很重要吗？

徐希贤追问道："您多久没有见过他们了？"

高云山道："惭愧，我离家求学，就再也没有回去过。"

徐希贤道："您的父亲是南京城里的名人，也是善人。"

"是的。"高云山听他赞扬父亲，不由得心中一暖。

"他有个名号叫'西善首善'。前些天高同志登车救人，其善心仁义，想来血脉有传。"

高云山道："家父殊荣，我不敢比。"

徐希贤缓缓道："可是您父亲现在却成了汪伪政府宣抚团代表。"

高云山不说话，这是政治成分问题了，他试探着问："我

南京先生

此次被罚，和我父亲有关吗？"

徐希贤并不直接答话，反而问他："您二弟的情况，您清楚吗？"

高云山道："我二弟为人淳朴，自幼跟随父亲学厨艺……不过我父亲却很少在信里提他。"

徐希贤道："1937年日本人进南京城，您一家在何处？"

高云山道："我父亲曾举家赴香港开办贸易公司，避开了1937年国难。"

"您那个时候在哪？"

"我已至北平求学，那年国难肇始，我决意投军，誓死与敌寇不共戴天。"

徐希贤缓缓道："您父亲后来从香港回了南京，重开鹤庐饭馆，还与日本人、汪伪政府过从甚密……"

高云山凛然道："我是我，家父是家父。我若见他，必定痛陈日寇之祸，他若不得醒转，我绑也要绑他离开。"

"您二弟呢？也去了香港吗？"

高云山直接问道："徐书记，我希望您能直接告诉我，我二弟怎么了？"

徐希贤站起身来，在狭小的木屋里走了两步，他从布包里掏出一根烟，点燃，烟雾弥散，他沉吟道："看来高同志确实对您父亲和弟弟一无所知。"

高云山问："请徐书记明示。"

徐希贤长吸一口烟,道:"高同志,您二弟高二郎已经过世了。"

高云山如闻雷轰,两行眼泪直奔而出,"我不信!"

徐希贤道:"高二郎蛰伏南京,为抗日做出了巨大贡献。"

高云山兀自摇头:"不可能,不可能,我二弟怎么可能卷入战争?"

徐希贤道:"国难当头,青年热血,焉能置身事外?"

"徐书记,您说我二弟蛰伏南京,他是做什么的?"

"他是军统派往南京建立情报网的要员之一,代号'南京先生'!"

高云山看着徐希贤,以徐书记的身份,决计不可能胡编乱造,他脑中一团乱,问:"我弟弟怎么会加入军统?父亲一直留他在身边学艺,这怎么可能!"

徐希贤道:"您刚刚是不是说,您父亲一家去了香港?"

"正是。"

"您弟弟去广州之前加入了共产党!我是他的介绍人。"

"慢着!您刚刚说我弟弟入了军统……"

徐希贤道:"对,您没听错。您弟弟的身份是军统南京站要员,受重庆方面指派蛰伏南京,而实际上他早就入了党,是我党指派潜伏在军统内的秘密同志!"

高云山有点慌,道:"我弟弟是怎么死的? 快告诉我!"

徐希贤双目含泪,沉痛道:"76 号南京区的杨葛亮与尾野

　　　　　　　　　　　　　　南京先生

在南京加大侦缉力度，高二郎为保护组织，驾车外出报信，不幸……堕落山崖！"

"不可能，我不信，我不信……"

徐希贤从包里拿出一张嘉奖文书："这是组织对他的最高肯定！"

"我不要这劳什子嘉奖，我要他活过来。他为什么要去参加这样的事?!"

高云山抓起桌上的嘉奖文书，他起心要撕，转念一想，这是弟弟一生所获之最大认可，他又拍回桌上。这一生他对弟弟有愧，家里把所有的机会都给了他，他弟弟从小就是他的影子、他的陪衬，家里宗亲只认可高大郎，在他们眼里高二郎只是个不成事的顽童。

他扫了一眼那嘉奖文书，共两三行字，只用了"隐姓埋名""深入敌内"八个字来描述他的工作，又用了"屡立奇功"四个字来认定他的功绩。

高云山感觉天旋地转，他扶住桌子一角，胸口不断起伏。这所述寥寥的文字，记载着弟弟那鲜活的生命和热血的青春，这一纸薄薄的嘉奖文书背后是怎样的动魄惊心！

"屡立奇功！屡立奇功！"高云山念了两遍，他热泪奔涌，中央组织能做出这般肯定，高二郎这不成事的顽童，竟然干着惊天动地的事。他像是第一次真正认识了弟弟，原来他不是自己的陪衬，原来他不想学厨艺，原来他内心也有一腔热血,原来他跟自己一样,不,他必须承认,弟弟比自己要强得多!弟弟得到了这样的认可,而他却刚刚被清除出了队伍。

文书一角印着"绝密"二字,高云山久在军中,自然是知道这两个字的含义,他长叹一口气,连这最后的人生定论,也不得为外人道,弟弟高二郎在人们眼里,永远还是那个不成事的顽童。

二人就这样坐着,不说话,桌上放着那一纸嘉奖文书。

木屋里静得只剩空气流动。

风过竹隙,沙沙沙。

过了良久,徐希贤将嘉奖文书收了回去。

高云山平复了情绪,恢复了理智,他突然意识到一个重要问题,问:"徐书记,您此番前来,决计不是单单来报丧的。"地下组织来人,找上参谋长,安排如此隐秘的会面,又揭晓了弟弟的秘密生平,徐书记必定有要事吩咐。

徐希贤缓缓道:"弟且如此,你当何去何从?"

高云山被问得一愣:"我当何去何从?"

"若换作是你,你能做出和你弟弟一样的选择吗?"

这个问题像是一把重锤,用力击向高云山内心。若是明知会被处罚,高云山还会不会再次登车救人?

高云山沉吟半晌,道:"能。"

徐希贤看着高云山,目光灼灼,气氛变得凝重,他终于要揭晓任务。

高云山一口气提到了嗓子眼，只听徐希贤一字字道："好，你父亲要征募你，你以高二郎的身份，回南京去。"

十二

江胜拄着那根沉重的乌木拐杖回家了。他的家里、摊位，已被杨葛亮和尾野的人搞了个翻天覆地，反正他眼睛也不好，眼不见心不烦，也就不以为意。

他好久没这么大快朵颐地吃顿松鼠鱼了。这太君真是客气，这高老儿真是好手艺，他内心深处是鄙视高鹤松的，虽然有时候他也会去领宣抚团的一些慰问品。反正是日本人的计，白吃白不吃，白拿白不拿。

江胜这人豁达得很，对自己的寿庚也看得开。1937年国难，卫戍司令官唐某败退撤走，百姓在日寇机枪刺刀之下任人屠宰，他是在死人堆里爬出来的，自认捡回了命，多活一天，就多一天的赚头。

作为大屠杀的亲历者，他深深感到日本人根本不是人！

江胜的算命摊摆在那里很多年了，他以前是装瞎子给人算命，后来在大屠杀里伤了眼睛，成了真瞎子。他也请郎中看过自己的眼睛，郎中说他这对招子已经废了，别挣扎了，能活过几天，就多过几天，于是江瞎子就成了真瞎子。说来也巧，自打瞎了之后，他算命似乎更准了。

他那天在摊位上，给顾客算卦，那主顾正要谋划一宗从京到沪的买卖，他卜出不吉的卦象，便说他密谋不成。这话被高鹤松听了去，随口一讲，尾野疑心生了暗鬼。

尾野查到他与顾阿四的师父周拐子相识，端的是凑巧。

江胜对尾野的讯问，可谓不卑不亢、对答自如，他早将生死看淡，有什么好怕的，反正也活够本了。他也知道特务狗腿们的套路，他被传过去问话，家里和摊铺的一番翻箱倒柜是免不了的。

他回到家的时候，乱七八糟的屋子根本无法下脚。江胜骂了句："狗腿子，不是东西。"他捏紧了手上的乌木手杖说："太没礼貌了，太没教养了，乱翻人东西，连个手续也没有，和强盗土匪有什么分别？"说真的，他真想在刚刚的饭桌之上，一杖把尾野锤死，以解心头恨。可是那也只是一时的念头，他思前想后，在当时的情况下，此举无疑是以卵击石。

江胜用乌木手杖快速拨开地面上的瓶瓶罐罐，向房子的深处走去。他在靠墙博古架上不断摸索，他越摸索越心慌，这帮狗腿子把他一件要命的物事搞掉了！

他扔掉乌木拐杖，伏在地上，用手到处去摸，他感到自己手在抖。

可别弄丢了！江胜有点慌，他几乎用鼻子凑在地面上。地面的寒意升腾起来，他吸了一口进肺，这简直是寒彻了骨髓。

南京先生

他终究找不到那东西了,他瘫坐在墙角,呜呜啜泣起来。

蓦地,他听见窗外有了响动,惊觉起来,随即听见有人唤了一声"江叔"。

"谁?"江胜警觉起来。

"我,顾子。"来者是顾阿四,他轻轻巧巧地就翻过了各处院墙,找了一条最不显眼的路,钻到了江胜屋子的窗下。

江胜大骇,压低声音问:"你跑回城里干什么?"

顾阿四也不答话,他听江胜这般问,自然是屋内没有旁人,他脚尖一踮,在墙上一滑,便钻进了窗户里。他身材矮小,从窗户翻进去的时候,没有找到落点,摔了一跤,滚到了江胜身旁。

江胜一把抱住他,摸他脑袋,摸他脸蛋,又摸他四肢,这孩子终究是无恙,不然该怎么对得住他师父。

"你跑回城里干什么?"

"我跑回来给江叔道别。"顾阿四道。

江胜一拍他脑袋:"道什么别,你知不知道,你从列车上跑了,日本人有多着恼。"

"我知道,我知道。"

"那你还回来?"

顾阿四眼泪打转,道:"我放不下江叔,我想带您一起走。"

江胜道:"我若要走,还用得着你带!"

顾阿四道："我师父临终说了，我在哪儿，江叔在哪儿。"

"你师父临终的话你记得，你师父平日的话难道就不记得？"

"记得记得，我不敢忘记。"

江胜皱起了眉，道："那你说说，你师父说过的顶重要的话，是啥？"

顾阿四歪着脑袋："我师父说，这大路朝天，若是与江叔相见，必须装作不识！"

多年来，顾阿四自己也觉奇哉怪也，江胜和师父明明相交颇深，为何要故作路人？

江胜展颜道："好好好，顾子你还记得，就不算负了你师父！"

顾阿四又道："可是，我师父走后，我却依然每月悄悄来见江叔，这可真是有悖师命！"

"啐，哪里的话，我眼睛瞎了，看不见……你若是不帮我跑腿打听，我这辈子的心愿可就实现不了了！你师父只叫你遇见了装作不认识我，可没叫你不管我瞎子的死活。"

"是是是，江叔您说得对。我师父走了，我就只有您一位亲人了，我若不管您，谁管？"

"小子有良心！"

江胜在地上摸了一会儿，摸到一个布包来，他翻开包布，里面是一些阜宁大糕，一把都塞给了顾阿四。这是他昨天一位苏北主顾过来算卦，给他准备的小点心，他舍不得吃，留给了顾阿四。顾阿四口中不迭道谢，却把大糕装到了自己衣服里。

江胜虽然看不见，听觉却灵敏，他听顾阿四手上动静，便知他肯定是没往嘴巴里送，这小子最喜欢阜宁大糕，居然也忍得住。

顾阿四这咽口水的细微声音，江胜也听得入耳。真香！阜宁大糕乃是苏北小吃，产于江苏盐城，糕片白如雪、软如棉、薄如纸、甜如蜜，滋润细软，由糯米、青菜、蚕豆搅匀，配以青梅、红绿丝、桂花、青果等蜜饯做成芯子，切为糕坯，蒸熟后切成薄片。顾阿四长这么大，就吃过两三次，还是师父周拐子从友人处讨来的。他记得自己第一次吃这种小吃的时候，真的感觉灵魂都被放飞到了天外。

"你要给小丫蛋带回去？"

顾阿四嘿嘿笑道："小丫蛋还等我哩。"

江胜笑道："小子不光有良心，还有义气！长大了是我们南京的先生。"

江胜虽以行卦为生，却读过不少书，通笔墨，通文史，对南京历来的文脉有所知悉。在他浅显的意念之中，南京之子，传承有特异之风骨气节，凡称赞他人，无非"先生"二字，便是最高礼遇。

江胜又问："你在我窗前站了多久？"

"有一阵了，我不确定屋里是何人，不敢贸然吱声，直到我听见很大的声响，当是在翻找东西……"顾阿四闭上了嘴，这话有点没过脑子。

江胜自嘲道："也只有瞎子找东西，才会这般费力！"

顾阿四连忙把话支开，问："江叔您在找什么？"

"正好！你眼睛能见，快帮我看看，这狗腿子把我屋子弄得稀烂，我的一个锦盒不见了。"

"有多大？"

江胜用手比画了下，有半个巴掌般大。

顾阿四道："江叔莫急，我来帮您找。"他说完这话，便伏下身来，在地面慢慢搜索。他的眼力比江胜好了不知多少，在一番寻觅之中，终于在东南墙角找到一个被踩得扁瘪的盒子。

他打开盒子，里面是黄色的绸子衬底，软垫红丝走线，一个黑色的扣子正嵌装在盒子中间。那扣子平常无奇，丝毫没有任何起眼之处。顾阿四不禁疑惑，为何江胜会如此紧张此物？

江胜接过锦盒，他双眼上翻，细细摩挲，这枚扣子终于又回到了他的手中，真是松了一口大气。他问顾阿四："你是不是好奇，为什么我把这枚扣子当成自己命根？"

顾阿四知道眼前的江胜叔虽然过得潦草，实则内心深处却如波涛澎湃，这枚扣子想必故事颇多。

顾阿四道:"是的,江叔,我很好奇。"

江胜叹了口气,他空洞无神的眼睛望向天花板,无限伤感,他缓缓道:"你可知道民国二十六年的国难?"

顾阿四道:"知道,那是 1937 年年底的事,日本人攻进了咱们南京城。"

江胜道:"对,日寇攻进南京城之前,谁也预料不到是这样的结果。我记得那些天,城里弥漫着战争的气息,所有人都慌里慌张的。我和你师父在夫子庙一带闲散,平日里人潮涌动的夫子庙、秦淮河已是萧瑟毕露,行人匆匆而行,偶有几个过去算卦的主顾,一交谈,皆对时局报以惴惴,甚至有人说,中国就要亡了……"

"我虽然读书不多,可是我也知道,淞沪那场战斗,真是令人难以释怀。"顾阿四叹气道。

江胜道:"小子你可能印象还不深刻,我和你师父却记忆很深,那个时候的南京城外已经可以听见各种炮响。政府可以迁都,军队可以撤退,千千万万老百姓怎么办?"

"是啊,老百姓怎么办?"顾阿四问。

那一年的 11 月 26 日,日寇第六师团逼近南京,12 月 8 日,南京外围地区全部沦陷,日寇开始从城东和城南向南京城发起进攻。

江胜闭上眼,低声叙述:"那些个寒冷的夜晚之下,家家户户都处于恐慌之中,军营里的士兵都在检查弹夹,刚刚激战过的墙头上,滚烫的弹夹落地时,还能在空中带出白汽。江边的士兵在连夜摧毁可以用于部队后撤的渡船,传令骑兵在街面上急促而行,我们老百姓都在猜,这是卫戍司令官要背水一战!"

顾阿四道:"后来怎么样了?"

"后来,卫戍司令长官唐某早早地给自己留了一条船,率先撤了。"

"最高将领撤退,军心乱了怎么办?"

江胜嗤了一声说:"什么军心不军心,原本整装待发的各营士兵完全慌了阵脚,真正临危受命的乃是萧山令将军,他带队死守,亲自上阵!这一场生死之战,真是把南京人的气节表现得淋漓尽致,在中华门、光华门、雨花台、紫金山一带,他们用仅剩的枪弹与血肉之躯拼死杀敌。"

江胜沉吟了半晌,像是又回到了那个悲壮而惨烈的时刻,"我记得是 12 月 12 日……日寇攻进南京城,城里乱作一团,萧山令将军指挥官兵守住下关码头一线,掩护百姓渡江撤退。日军飞机轰炸,长江边渡船破坏殆尽,大量平民拥堵在滩头,惨无人道的禽兽日寇以机枪横扫,对平民进行杀戮。原本已经被部下推上渡江木筏的萧山令将军听到机枪下同胞凄厉之声,愤而折返阻击日寇,江滩之上,军民听见他喊:'杀身成仁,今日是也!'足足五个小时,在弹尽之际,萧山令将军以最后一颗子弹结束了自己的生命,决计不做战俘!他虽是湘人,却是百姓足足称心称意的战时南京市市长。与南京共存亡者,可谓南京之先生,有真气节也！"

萧山令将军在下关码头阻挡日寇,以身殉国,杀身成仁,其妻殉情以随,悲天动地。"杀身成仁,今日是也！"顾阿四听着江胜之话,不觉已经泪流满面。

在那个混乱的时候,师父周拐子和江胜走散了,周拐子为了先带着几个孩子逃走,竟然来不及去寻江胜。

"那日寇占城之后,在南京城内展开禽兽般的血腥屠杀和奸淫掳掠,这段血泪历史,你们一定不能忘却！"

顾阿四沉声道:"江叔,我不会！"

江胜道:"好孩子！"

顾阿四道:"江叔,您跟我走吧,我怕以后照看不到您。"

江胜道:"顾子,我连战时都没走,现在就更不走了。"

"为什么？"顾阿四问。

江胜拿起那枚黑色的扣子,道:"这扣子的主人是南京本地人,他几个哥哥都夭折了,老母给他取了名字叫'扣子',想是要扣住他的命,日本人打过来的时候,他去参了军。12月9日,日军一部冲进光华门,萧山令将军率宪兵第二团抵抗。面对日军坦克,部队组织敢死队抱树桩去阻拦履带,制造机会爬上坦克,把手榴弹扔进坦克肚子里去。"

顾阿四一惊:"啊！这得多险！"

"是了,这可不是九死一生,这是必死无疑。"

"这位……扣子哥,他去了?"

江胜道:"正是!长官说,扣子他是独子,就别去了。扣子说,他必须参加,这样才能保护他的母亲。他扯下一枚扣子交给战友,并嘱咐,他若战死,请交给他母亲,就说扣子不孝,为国尽忠了!那一战,他们炸掉日寇两辆坦克。全队阵亡!"

屋子里的空气凝重起来,顾阿四只觉手中的锦盒竟有千斤之重,他胸中一口气堵得慌,恨不得自己那个时候已经长大了,能和扣子哥一起冲上前去!

他终于知道江胜为什么不走了。全队阵亡,谁来给扣子的母亲送信?这枚扣子辗转交到了江算子手里,委托的人多半想的是,他一定能算出扣子的母亲在哪儿。

靠算命来找人?这个……江胜拿着扣子,什么都没说,这事交给我,我一定等到扣子的母亲回来。

他守着这个承诺,差点在几天后,也就是12月13日那场屠杀当中丢了性命。那些为守卫南京而丢了性命的兵士,皆抱有中国不会亡之信念,他本是一闲云野鹤,在国难当头时,也当守其正念!

周拐子曾叫他走。他说:"给我点时间,我得找到扣子他母亲!"周拐子说:"说不定她已经避出城外。"他说:"那我便守在城里,等她回来。"周拐子说:"你知道不知道日寇如果占城,你会死的。"他说:"彼之义士,此之义士,一诺千金,岂非'南京先生'哉!"

　　　　　　　　　南京先生

顾阿四叹口气道："我叔,我知道为什么您要我四处帮忙寻人了。"

"是的,我瞎了,只有你们能帮我寻人。"

"可是,这些年我们都没有寻到,说不定……"

江胜沉声道："功夫不负有心人,你我一定能给扣子一个交代。"

顾阿四不说话了,他眼里的江胜叔,从来都是邋里邋遢的样子,可是此刻,他像是浑身上下都发着晨曦般的光。他反复咀嚼江胜的话"彼之义士,此之义士",真是好秉性!

"12月14日,日寇占领我南京城,宣布成立日占'维新政府',同时解除军纪,放纵兵士杀我同胞,辱我妇女,生灵涂炭……那场灾难足足持续了四十余天,日军杀也杀够了,城市还得恢复生活,交通、邮电、商业……慢慢恢复,幸存的人为了生计,只得把头低下苟活。有一天,你师父回到城里,我们相见了,他问出一个问题,我们能做些什么吗?"

顾阿四看着江胜,只见他脸上蒙上了一层悲戚。他沉吟半晌,终于问出一个盘绕他心中多年的问题:"江叔,为何我师父让我不得与您相认?"

江胜眼睛望向屋子顶上狭小的天花板,那里已经有些斑驳脱漆,岁月把这间屋子粉饰了一遍,透着屋子主人不为人知的孤独。他闭上眼帘,似乎回到了那个惊心动魄的夜晚,他知道自己当初做的选择并不是逞一时之勇,既然答应了把扣子的扣子还给他的母亲,他就必然不得草率从事,那是一场他和周拐子的冒险犯难!

江胜那空洞的眼神里突然有了光,他看着顾阿四,一字字道:"只因为我和你师父是一场惊天刺杀案的同谋,而领头的是咱们的南京先生!案发后同僚被捕的被捕,死的死,为数不多的人存活下来,相约保守机密,静待时机!"

十三

高云山终于明白了,他被罚得这样重,原来也是组织安排的。他必须让所有人都知道他受过罚了,委屈了,悲愤了,消沉了,压抑了——最后他登上了小山坡。

像是被安排好的剧本一般,他在山坡上做出最正常的反应。他会坐在山坡的一块面东朝向的大石头上,他心情很沉重。他会觉察到大雪过后的空气格外清新。他会看见阳光照过山坡的一半绿皮,一半黄土,在光和影子的交界处各自缠绕,模糊不清。他甚至会看着云层发呆,这天大地大,自己该何去何从,回南京城里见父亲,还是去冀中寻找黎观云?

那天的能见度很高,他远眺浦口梅山。在一阵屈辱霸占心智之后,他必得拔出那把铸造精美的匕首。

那匕首是他战场缴获之物,他会在鲁川江来不及冲上来

　　　　　　　　　　　　南京先生

制止他之时,引刀一快!

这场惨剧还有一个见证者的角色——鲁川江会全程见证高云山畏罪的过程。

而随后,组织上会安排好将高云山身份彻底消除。

敌中有我,我中有敌,如果不能做到万无一失,就怕会一失万无。

从这个时候起,高云山没了。

他从这个人间消失了。他的身份、生命,都不再属于这个光明而向阳的世间,他将投身到一个已死之人身上,这个人是他最熟悉的人,也是他最陌生的人,他将背负着弟弟未完成的使命,在阴影和黑暗中前行。

在这间小木屋里,徐希贤将会对高云山进行一段时间的短暂培训。他了解过高云山,他具备从事地下工作的条件。他灵活冷静,记忆超群,最关键的是他有组织意识,对党有着绝对的忠诚。

可是地下情报工作和正面作战、军工研发有着颇大的差异,他高云山再有天赋,再聪明,也不可能一蹴而就。哥哥要扮演成弟弟,这也不是自然而然的事,他必得熟悉弟弟这些年所做的一切,必得掌握在敌人阵营里周旋的一切技巧。

高云山一开始是情绪低落的, 他一个人安静了很长时间,需要一些时间来消化这件事。他的弟弟是无名英雄,他的父亲是日寇宣抚团之友,而他马上要回南京去接受父亲的征募逆用。这可真是滑天下之大稽,外人不能分辨相貌相似的两兄弟、两姊妹,难道为人父母还不能分辨?这个任务是要挑战什么样的不可能!

高云山在木屋里发着呆,呆呆地等着太阳下山,等着太阳上山。徐希贤也不打扰他,只是在兀自往炉火里添柴,火红的炉火将屋子半边烤得暖洋洋。

徐希贤推开窗,见东边的太阳慢慢升起,黎明破晓,树林里一棵花树凌寒而立,这岂非寓意着希望将至么!

他回头看高云山,见这伤心的汉子面色平淡,知他已从丧弟的打击之中振作起来,作为战士,作为党员,必须如常面对牺牲,为了群众之福祉而奋不顾身。

徐希贤问道:"云山同志,你准备好了吗?"

高云山目光坚定:"是的。"

徐希贤从衣服里掏出一个半厚的本子,递给高云山。

"徐书记,这是何物?"

"这是你的剧本。"

徐希贤书记所说的"剧本",乃是对高云山量身定制的情报人员之工作手册,既有本次任务的大量背景信息,又有情报技巧指导、任务要旨,可谓包罗万象之秘籍。"剧本"一词此时已传入中国久矣,又称台本,在北平、上海颇为盛行,党的地下组织早在二十年前,便于北平开设光华电影公司,拍摄电影,掩护情报工作,其时便顺带诞生了当红的剧本作者、武术演员等。

徐希贤文化涵养极高，见识又广，自觉以剧本来譬喻工作手册，既作安全隐语，又贴切易懂。

不料高云山却没这般见识，高云山疑惑："剧本？何为剧本？"

"剧本，剧本，便是一剧之本！设计你之人物、情节、氛围、节奏，照之表演，方可上得舞台。"

高云山道："就像是新街口影院、中山路戏院里的故事？"

徐希贤道："正是，你要扮演你的弟弟，你便需要剧本。"

高云山笑道："我扮演我弟弟，怎么会还要剧本？书记莫要开玩笑，那是我亲弟弟……"

"那我且问你！"徐希贤正色道，"高二郎是哪年哪月去的广州，春天还是秋天？"

高云山道："这……"

徐希贤追问："高二郎最喜欢吃夫子庙哪一家的茶点？"

高云山挠头："这个……"

徐希贤继续问："高二郎心中可有心仪的女子？"

高云山长叹："不知！"

徐希贤拷问连连："他如何认识了我？他如何加入了军统？他如何入了党？"

"这些机密事，我更是不知……"

"谁是他最好的朋友？谁是他最针锋相对的敌人？他如何

看待他的哥哥、他的父亲,这些你清楚否?"

高云山无言。

"你亲弟弟,还是我亲弟弟哩!"徐希贤把剧本扔在桌上,"我看你这状况,估计活不过两集!"

高云山低下头,不说话了。

"可不要小看这个小小的剧本,这可是我这些天连夜写的,你必须得看一遍就彻底记住。"他指了指火红的炉子,看来这本子须得在他高云山阅后即焚——这是纪律。

高云山被徐希贤收拾得没了脾气,他一个问题都答不上来,就敢接下这么危险的任务。他心中暗骂自己刚刚居然有脸说自己已经准备好了,还振振有词,信誓旦旦,这个是知识分子的局限作祟!

"高二郎作为南京先生蛰伏南京,你对南京地面的情报机关又了解多少?他们都有哪些部门,都在何处?谁和谁有矛盾,谁是谁的靠山?如果这些都搞不清楚,你怎么纵横捭阖,任意腾挪?"

高云山只觉冷汗簌簌而落,徐希贤恢复了态度,好言温柔:"云山同志,你将要面对的战场和你以往之战场不同,过去的战场你纵横腾挪,战果优异,我万万不及你。可是如今你我将要面对之战场,却比过去战场更凶险。过去之战场,枪弹炸药,皆可目见,而如今之战场,冷枪暗箭、硝烟陷阱、生死危机……这,都是目不可见的。你若是轻敌,是死;你若是无知,也是死。你想好了再回答我——你，准备好了吗？"

高云山拿起了桌上的剧本，他可不是一时热血要接下这个任务，他是必须回南京去，他要去完成弟弟未尽之事，他要去为弟弟报仇，为同胞们抗争，这股子血性一点都不亚于上战场去和敌人刀枪血战！

他端详剧本，徐书记的字迹娟秀而沉稳，他丝毫不敢再有半点随意，目中满是敬重，向徐希贤行礼："请徐书记指示！"

"高二郎作为军统派往南京建立情报网的要员，其消失必然引起军统方面的注意，通过巧妙设计，在你着手任务之前，我们争取了一些时间，你与高二郎长得相似，年纪、身形相仿，只要用心培训，定能完成任务。"徐希贤缓缓道，"这第一课，今天便开始了。"

十四

木屋挂起一张南京地图，桌上摆放一沓记录手册，徐希贤将写好的高二郎剧本放在右手边，他拨了拨炉火，沉声道来："当今的南京城，情报机构几何，都在哪里，你须知晓，此番将南京城里的特工机构与你分说详细，就好比上阵之前，须得先行搞明白敌人部署、番号、兵力、策应等，余不——，你可明白？"

高云山点头受教，这上阵之前若无先行对敌侦察，那只若盲人瞎马，胜算将大打折扣，这战前准备工作实为关键之极。

徐希贤点头颔首，便开课讲来："1937年12月13日，日寇占领南京城后，以日方特务组织与宪兵队直接控制南京治安，抓捕抗日志士，出于极端利益考虑，日本人一手扶持的伪'维新政府'，也受到日方特务组织监督，日'华中方面军特务机关'派遣到南京设立第一个特务机构叫'南京特务班'。12月24日，日军当局为加强对南京民众的宣抚工作，单独组建了'南京宣抚班'——这两者是日寇在南京占领期最早设立的特务机构。"

"1938年2月，日'华中方面军'改组为'华中派遣军'，司令部从上海移驻南京，原日'华中方面军特务机关'改组为'华中派遣军特务机关'，并一同随司令部移入南京，与'南京特务班''南京宣抚班'三者合并，成立特务机关本部，日军少将原田熊吉担任本部部长，并兼伪'维新政府'最高顾问。"

徐希贤此番欲向高云山讲解的，是南京日军特务机关和汪伪政府特务机关的溯源及派系，这对于高云山从战场战士快速进入角色，周旋于南京城内，想必大有裨益。幸而高云山在军中对日军建制知之甚详，学习起来，也颇为顺手。

"1940年，日本扶植汪精卫成立伪南京政府，将原驻上海的特务机关'梅机关'迁来南京,设立'梅机关'南京分机关,仍由原田熊吉兼任机关长,此人便将日军特务机关统揽起来。"

所谓"宪特","宪"不同于"特",有"特"即有"宪"。刚刚徐希贤将日军在南京的"特"梳理了一个大概,然而高云山知道,除了特务机关本部以外,尚有一支无恶不作的"宪"队伍——南京日军宪兵队。把顾阿四和小丫蛋绑上列车的卑劣手段,便是宪兵队尾野的手笔。

徐希贤继续道:"日军南京宪兵队一开始人并不多,13日进占南京时,只有十七人,随着南京城市秩序的恢复,宪兵队人数越来越多,随后内设臭名昭著的特高课,负责情报工作。森健太郎、藤刚等先后担任宪兵队队长,而我们的老对手尾野,便是此时执掌的特高课。"

高云山道:"这个我有所知悉,日军宪兵队不光直接掌管南京治安,还对各城门、车站、码头等交通枢纽执行管控,抓捕、打压我抗日志士,其在新街口、下关、太平南路设有三个分队部;四牌楼的老虎桥监狱便是日军宪兵队专门监狱。宪兵队的上级是日'华中派遣军'宪兵司令部,设于南京江苏路和颐和路交界之处。"

徐希贤对他的军事情报颇为肯定,随手翻开一本贴满日本人照片的册子,说道:"这'华中派遣军'宪兵司令部驻扎南京时,由富田直澄任司令,就驻在颐和路面一个转盘中央,一幢三层楼房。日'华中派遣军'于1939年改编为日'中国派遣军'，日'华中派遣军'总司令部改称日'中国派遣军'总司令部，而原日'华中派遣军'宪兵司令部也随之改称日'中国派遣军'宪兵司令部。"

高云山道："日方内部的宪、特组织派系林立，想必对各届伪政府也是放心不下。"

徐希贤道："养犬者防咬，养鹰者防啄，这岂非是再明白不过的道理。"

高云山沉声道："是了，无怪乎日军占领南京后，不允伪'维新政府'建立自己的秘密特工组织，甚至其公开警政部也受到宪兵队监控和限制，力量相对薄弱。"

徐希贤道："日方宪特和伪政府特务一直貌合神离，日军的特、宪组织初到南京时，可谓'人生地不熟'，异族与土著有着天然隔阂，宣抚与镇压工作，效果有限，这是我们当时开展一些工作的基础。我们可以征募逆用，发展一些伪政府内线，也可以发动沦陷区群众助力。

"自从日军占领南京之后，重庆方面陆续派遣中统、军统人员潜回南京，建立活动组织和无线电台；我党及新四军也通过不同方式、渠道，在南京建立地下组织……

"你弟弟高二郎，便是在此时打入南京开展地下活动的。他受军统南京区命，领导一起针对日本人和伪政府官员的刺杀行动，行动代号'南京先生'！他此举一战成名，获受国府嘉奖，戴笠手书着令晋升。他不为官禄所动，束之高阁，暗中一心向我党，为我源源不断搜集情报，身在曹营，真是好气节……在行动收尾后，这行动代号便成了军统南京站给予他的配赋别号！达者为'先'，'先生'者，好气概！"

高云山长叹一口气，原来二弟离自己如此之近，他所为之事比自己战场炸杀敌人有过之而无不及，端的是血性好男儿！

高云山问："后来呢？"

徐希贤清清嗓子："讲了一阵子了，剩下你自己看，老子窗边抽根烟。"

高云山又自学自研手上的各种记录资料，自日寇占领南京以来，气焰固然嚣张，但日伪当局尤为不安与害怕的是，广大南京群众随时随地可能发起对日伪军政人员的反抗与袭击。1938年至1939年间，南京城内发生多起日军官兵被暗杀的"无头案"。1939年6月10日晚，中国厨师詹长麟、詹长炳兄弟投毒致使日本驻南京总领事馆多人死亡，震动日本东京当局，日军驻南京的宪、特机关均受到指责……

高云山看到此处，一拍桌子："该！"

徐希贤烟抽完了，长吐了一口气："斯乱世也！"

"为了镇压南京人民的反抗，南京日军当局意识到，单单依靠日本人自己的宪、特机构是不够用了，特别是1939年大汉奸汪精卫逃到上海，在日本扶持下准备在南京建立伪'中央国民政府'，东京日方最高当局要求必须立刻整顿南京秩序，南京日军当局推行'以特制特'，即扶持一批汉奸特务来充当走狗。汉奸特务比日本本族特务好用，你可知这是什么原因？"

高云山头脑清晰，一点就通："汉奸特务是中国人，对南京城了解更多。"

徐希贤叹道："乱世的情报斗争，便在'拉'和'打'两个字。'拉'是从对方阵营拉出人来，'打'是把自己的人打进对方阵营，这二者孰优孰劣，因地制宜……南京日军当局扶持汉奸特务机构，广泛征募原国民党特务阵营的人，包括中统、军统人员，一经招募，许以高官厚禄。当然在这个时期，我党内部也有些许叛徒被征募，这些从抗日阵营投过去的特工，既熟悉国、共情况，又有特工经验，比日本特务优势大得多。中统东南督导区副区长苏成德便是被拉出后，叛投日方阵营，担任了汉奸特务机构的要员。"

事实上，早在日军南京当局筹划扶持汉奸特务之前，上海已经先行摸索到了前头，汉奸丁默邨、李士群二人在上海极司菲尔路76号建立起了伪"中国国民党中央执行委员会特务委员会特务工作总指挥部"，人称"76号特工总部"。

南京日军宪兵队队长森健太郎亲赴上海，与日本人和"76号"商议，在南京设立"76号南京区"。1939年8月，上海伪"国民党六大"召开，"76号"受汪精卫指示，派遣胡天、肖一

　　　　　　　　　　　　南京先生

诚等先行赴南京筹建特务工作基地，为汪伪"还都南京"打前站。次月，原"76号"副主任、无锡籍人士唐惠民受命任"76号南京区"首任区长，在宪兵队护送下，从上海开赴南京颐和路21号，建立"特工总部南京区"，比邻日军宪兵司令部。

徐希贤道："及至1940年汪伪政府成立，设警政部，其下加挂'政治警察署'牌子，实则就是'76号'之政府名称，李士群以警政部副部长兼任该署署长。"

徐希贤讲到此处，在木屋墙面的地图上画出一个圈，圈中了一个地名："1941年2月，伪政治警察署搬迁至此处，即南京牯岭路8号。"

"而伪警政部之下，尚设立特种警察署、首都警察厅。适才提及的中统叛徒苏成德以76号南京区区长身份兼任特别警察署署长，而汪精卫的亲信申振刚出任首都警察厅长……李士群施展翻云覆雨手法，在汪伪政府上层派系倾轧与斗争中胜出，取代周佛海就任伪政府警政部部长，同时又以'特工总部'主任身份，主管秘密特务，安插马啸天任76号南京区区长、伪政治警察署署长，这样便将公开警务工作和秘密特务工作同时抓到了手里，膨胀到了极点。"

高云山沉吟道："如此膨胀的势力，日伪当局想必不得安心。"

徐希贤向他投来肯定的目光："云山同志说得很对。日伪当局为削弱李士群的实力，改组警政、特务机构，于1941年设立伪军委会调查统计部,让李士群专管特务工作,而公开的警政大权则分配给了内政部部长陈群与伪警政总署署长苏成德,与李士群形成分庭抗礼之势。可惜李士群仍然动作不断……"

高云山微微一笑,道:"想必李士群离死已然不远。让他疯狂一阵吧,他的主子会叫他好看。"

徐希贤赞赏道:"定然不远!高云山同志,你极具情报研判之能力!"

高云山道:"徐书记向我传授这般信息,对快速掌握南京特务机构实在重要。"

徐希贤微笑道:"演戏之道,角色、台词固然重要,故事背景也不可忽视,唯有掌握背景,才能吃透剧情!你对这番故事背景有何体会呢?"

高云山道:"这故事背景固然纷繁复杂,可也道出了一个道理,当鹰犬的汉奸权力太大,日寇主子不会舒服。"

"看来高同志悟性很高嘛。"

"全赖徐书记引导。"

"汉奸特务,比日本特务危害更大,如今一人,更是如此。"

高云山问:"何人?"

徐希贤道:"便是那马啸天座下的红人杨葛亮。"

高云山沉吟道:"此人心狠手辣,心思缜密。"

徐希贤道:"是了,此人不除,实为大患。"

南京先生

高云山问：“我可该有所行动？”

徐希贤看着他，道：“尽快熟悉高二郎的身份，去你父亲身边。”

高云山沉吟半晌，道：“我有一事，不知该不该说？”

徐希贤道：“你既然开口了，难道还能对组织隐瞒？”

高云山想了一阵，似鼓起极大勇气，他知道此事必定让徐希贤好生为难，可是若此刻他不开口，往后则更难办。“书记，我想请你帮我寻一个人。”

“谁？”

“我北平的一位同学，叫黎观云。”

“是位女同志？”

“是的，是位女同志。”高云山低下了头。

徐希贤微微笑道：“我答应了。”

高云山讶道：“您都不问是什么情况，就答应了？”

“对。你的神情已经告诉了我情况。你……喜欢她，你已经很久没见过她，你害怕自己此去，就再也不能见她，你有话对她说，是不是？”

高云山张大了嘴巴，好久才合上：“徐书记真是贴心人！真明事理，真重情义！”

徐希贤道：“你和你二弟一个样子！”

高云山道：“放心，我一定说服我父亲，好让他迷途知返。”

“不！”徐希贤打断他，他目光如灼，“你的任务是——在你父亲身边,好好活着,有个大任务要你做!"

高云山拿起高二郎的剧本,道:"书记,向您保证,我一定活到最后一集!"

十五

高鹤松被称为大善人,是因为他乐于施善于人。

他不光是中国人的善人,还是日本人的善人。在日占南京这样特殊的时期,他可以左右逢源,实属不易。

平日里,他教导自己的小徒弟付世龙——做人,一定要记住两件事:施人善助,不可时时挂嘴;得人善助,却须日日记心。

这话什么意思,就是你帮助别人,不要时时挂在嘴边,而你得到别人帮助,却要一直记在心底。前者做不好,是伪善,后者做不好,是忘恩负义。付世龙一直都把师父的教导记在心里。他记得高鹤松的最大恩情,就是收他为徒。

这缘起还得说说,高大善人去江瞎子那里算个命,江瞎子说高大善人的厨艺恐怕要失传。高鹤松吓了一跳。因为那一年,他那逆子在广州投身三民主义事业,任他如何修书、捎话,都没用。逆子不好好经营他在广州留下的小产业,却跟着别的青年瞎闹,搞什么政治。江瞎子的卦很准,高鹤松赶紧在宗族亲戚里遍寻有天赋的小辈。终于在一阵折腾之后,收下了徒弟付世龙。

付世龙是个很懂感恩的孩子,他和高二郎的年纪差不多,属于高家远亲。他每天会给师父高鹤松泡上一壶雨花茶,茶叶的香味从青花杯子里溢出来,把书房香了个透。师父高鹤松除了是淮扬菜嫡传的掌门人,还写得一手好字,通诗书、懂财算,会做买卖,又能与人为善。这些闪光点集于高鹤松老人一身,让孤陋的付世龙钦佩不已!师父真是神仙般的人物。他第一次从乡下到南京城,进了中华门,走在大街上,看着马车来来往往……还有从没见过的汽车,铁皮盒子竟然能自己动——他着实被惊住了。付世龙对自己说,一定好好跟着师父,师父能让自己不白活!

今天高鹤松回书房的时候,茶也泡好了,他颓然坐在书房里,内心焦灼难安。日本人现在要他去征募自己的儿子。这可怎么办?

青田就坐在天井里,他一边喝茶,一边把玩高鹤松庭院里的摆件。尾野说了,今天之内必须拿出一个计划,抑或方案,便带着杨葛亮走了。要征募军统南京区的要员,这得做多少功课才行。

尾野前脚刚走,桌上饭菜未收,高鹤松是吃不下了,只见青田大快朵颐。尾野不在,他胃口也好起来,他把一盘软兜吃完,又吃完盘子里的双麻鸭方,要不是高鹤松铁青着脸,他估计还要高鹤松去再做两个菜。

"青田先生,您居然还能吃得下去!"

青田笑了,道:"尾野不在,我胃口变得异常好。您也吃点?"他舀了一勺汤,汤汁有点凝成羹状,混混沌沌,让人彻底没有胃口。

"老朽吃不下,"高鹤松向青田抱怨,"您这是要把我这老骨头放到油锅里熬啊!"

青田一拉领子:"我的朋友,高鹤松君,我这可是在帮助你。除了这个法子,您还有什么法子可以自证清白?我实在想不出。"

"老朽为何要自证清白?老子是老子,儿子是儿子,他做他的事,与我有什么干系?"

青田一耸肩,道:"高老先生,可不能这么说,杨葛亮这只疯狗才不会理会这些。他一定会咬着不放,哪怕没有咬到你家公子,但凡能把你咬死了,也能凑数交差。"

高鹤松长叹一口气,若不是青田想出这个法子,只怕他现在已经血溅当场,这尾野的性子,自己是见识过的。他命徒弟付世龙准备好茶水,邀青田去书房小叙。青田却摇头不去,"高老先生,我知道,这是很难的,很难的人生决定,我理解,您需要独处一阵,我就在天井看云如何?"

给老夫出了这么大的难题,竟然还有心情看云,这青田真是教人捉摸不透。也罢,眼不见心不烦,高鹤松确实需要独处,他叫付世龙去准备些点心来,给天井里的青田一份,给自己一份。

付世龙跑到后厨,问秀草姨要了两份点心。秀草姨年纪和付世龙母亲差不多,她在鹤庐的后厨帮工,专门做些糕点。她年轻时就在夫子庙一带卖糕点。

她的糕点很甜,她的命却很苦。在南京城那场国难中,她失去了自己的孩子。

高大善人的鹤庐里收留了很多位"秀草姨"。正如他教训徒弟的话那般,他与人为善,却绝不挂在嘴边,没有居高临下,没有以恩人自居。他对每个收留在鹤庐的人,都按月付酬,让他们自食其力。

活着很重要,最后的尊严也很重要。人不光要活着,还要有尊严地活着。

茶沏好,点心摆上,香炉里点了一支檀香,香烟袅袅,卷帘拉下,划拉一声,如坠如落,如暮如宿,高鹤松终于有了自己的一点时间。

江浙人喝茶,细致得很,奉茶必配吃食点心。高鹤松对着卷帘坐了一会儿,喝了一口热茶,又拿起一方茶点,想借着茶点来定定神。可是他刚刚吃进嘴里,眼泪就掉了下来,这是齐芳斋的桃片糕。秀草姨今天做什么不好,偏偏做这个!

味蕾是个很神奇的东西,有时候它能刺激记忆,甚至比看、比听更能刺激记忆。儿时吃过的味道,往往是一生的记忆,说的就是这个理儿。高鹤松的味蕾里,载着半生飘零,载着国仇家恨,载着对两个儿子的爱。他记得自己过去曾带着儿子去夫子庙齐芳斋吃茶点。民国时候,夫子庙一带已经少有祭孔,而成民众热闹场所,各种酒楼、茶馆林立,金陵春、齐芳斋、六朝居、水云阁……贡院旁边十几家茶馆排开,生意火爆。小儿子高二郎比哥哥嘴馋,他喜欢的小吃也多,羊肉面、大面、烤鸭、拆烧、素烧鸭、烫面包子、五仁馒头……

高鹤松在齐芳斋有一把自己的茶壶。彼时之南京茶馆,主客之间颇为相熟,小二记着熟客,把专用的茶壶一一分类,不管是彩的、马蹄铁、甩式,茶客各有各的爱,不愿意给别人使。彼时之南京,是他与儿子的天伦之园,而此时之南京,却如同深渊。

青田闻他哭泣微声,抬头看向书房,高鹤松明知隔着卷帘,赶紧擦干眼泪,静坐凝思。青田若有所思,最后微微颔首,当临如此决断之时,必得这般痛苦纠缠,方是人之常情,若他爽爽快快便答应去找他儿子,这反而不似人父了。

高鹤松闭上眼,仿佛又回到和儿子们在一起的时光,他丧妻得早,却未再娶。他经营着南京城里有名的饭馆鹤庐,又做一些贸易,曾一度去到香港、南洋。十六岁的大儿子高云山约1934年前后外出求学,二儿子却抗拒世承他的嫡传厨艺,这给了他很大打击。

在一个深夜思考之后,他决定尊重二儿子,不学就先不

南京先生

学吧,二郎喜欢折腾,笼子是关不住他的,那就带他南下去看看,磨炼他一下,让他吃点生活苦,别以为生活就是牛肉锅贴加烫面!总以为自个儿有本事,出去闯闯碰了壁,就知道该怎么选了。

高鹤松记得那是 1935 年,南京城里的政要似乎也不得安生,报纸里都说"围剿""剿赤",委员长似乎军事动作颇大。留在广州守产业的高二郎突然有天来信,说自己投了"进步社"。这小子不愿意学手艺,且不愿意守广州产业,竟然跑去搞政治。现在高鹤松知道了,那时的高二郎考入了国民政府的机要部门,跟随一名同乡上司,辗转进入军统局。

不过,让高鹤松不知道的是,早于 1934 年在南京的时候,高二郎就已经接触到了进步思想。

高鹤松的父权体制依然是脱胎于晚清之时,子承父命,不得有违。他安排好了高云山去求学,让他有自己的人生选择,这已经是自己思想之极限,至于剩下的高二郎嘛,必须听老子的,留在南京!

高二郎从小就是高云山的影子、附属、伴随,家族里也没人意识到他冷冷的外表下其实藏着一颗火热的心。他逆反之心大作,偏要去跟哥哥一般读书,既然父亲不允许,那旁听嘛,翻墙嘛,总有办法!

他便是在东南学堂里旁听,而认识了当时的中共地下人士徐希贤。

高二郎记忆超群,聪慧灵活。徐希贤眼光准,一眼就看出他内心的火焰,他的隐忍,他的内秀,他的韬晦,这样的人,他不是"影子",但他却一定能办"影子"的事。

徐希贤和他密切交往,二人迅速发展为亦师亦友的关系,从理想信念,到天文地理,无话不谈,最后民主和自由的思潮如同一颗流星,引导着高二郎毅然加入徐希贤的组织。而后,高二郎去广州,他对徐希贤颇为不舍,在他临行之际,徐希贤又交给他去广东秘密发展青年同志的任务。

高二郎打入军统后,旋即于1936年派往香港公干,情势所逼,他来不及回南京和父亲说明一切,在香港一扎就是两年。他在情报圈里浸润,亦对日本人之野心有所感知,他身在香港,却日日关心南京家乡父老。

及至南京城破之前,徐希贤受高二郎之托,巧以贸易之名,将高鹤松一家调往异地洽谈贸易,躲过一劫。1937年南京城破,日本人占领南京城,扶持伪政权,国民政府撤往重庆。高二郎领命潜回南京,受军统南京区指挥,从事对日本人、伪政权的敌后特殊工作。

命运的齿轮转动,因果似有暗示。正当弟弟的命运在乱世浮沉之际,彼时北平求学的哥哥高云山,在山河破碎之后,也毅然回宁参战!

高二郎就是"南京先生",高二郎是抗日分子!高鹤松心里是骄傲的,他很清楚,背后一堆人骂自己,骂他是汉奸。如果征募高二郎,他知道这意味着什么。自己可以承受千古骂名,可是他却无法把这种事加诸其子。

自从汪精卫艳电以来,其麾下特务头子皆注重从军统、中统之中征募逆用人员,这类人员熟悉军统、中统的套路,又知悉军统、中统在南京的网络,极是好用。

日本人占领南京后,亡国的声音甚嚣尘上,国民党阵营的特工人士信心受挫,几乎日日都有投向南京的人。有人投逆,就有人锄奸。高鹤松担心的是,如果征募成功,高二郎必定会面临军统方面的追杀。重庆阵营的人,杀起叛徒来可不眨眼。

他隔着窗帘长叹了一口气,青田仿佛感知到了他的心事,说道:"高老先生,高二公子只要能投到南京,势必能得重用,重庆方面已是将死之局,有何意义。"

高鹤松道:"青田先生,我若找到犬子,你待要怎样?"

"他必定得先行自白,把南京地下的人头都交上来,在你们中国,有个词叫'投名状'。"

高鹤松道:"若他交出人来,必定遭受军统方面追杀。"

青田道:"我们保护任何投诚的人。"

"他不能在南京被征募。"高鹤松道。

青田问:"为什么?"

"如杨葛亮所说无误,他在南京乃是军统要员之一,在南京征募,太危险。"

青田笑:"您是对我们没信心。"

高鹤松道:"我是信不过姓杨的。"

"您怕什么?"

"我们找到犬子,若是征募他,必要许以前程,可会成为杨葛亮眼中钉,若是他暗中施展手段,犬子说与不说,皆遭灾难。"

青田笑道:"此处您不必担心,汪政府会善待高公子。"

"有无严刑拷打?"

"绝无严刑拷打!"

"前程许诺如何?"

"与我大东亚共荣!"

高鹤松面色一宽,拉开卷帘,道:"那就一言为定。"

十六

夫子庙外的茶馆很多,茶博士记忆都很好,识得主顾和熟客,也记得大致每天第几轮哪些熟客会按时来饮茶。有的熟客早些,有的熟客晚些。早些的熟客,便须把熟客的茶壶烧热,水温把好,有的茶叶必须是七分沸,超了一分就不行。晚些的熟客,茶博士还会去提前置备些熟食,切牛肉、买锅贴,早饭和中饭也就一并在茶馆办了。

江月楼的茶博士就是出了名的好记性，他记得有位茶客，隔三岔五来，夹着公文包，斯斯文文，顾盼之间却有威仪。有闲人打听，说他是在警察厅担任要职，又有人说，他是在经济委员会任要职，总而言之，皆是政要。

茶客今天来得晚些，前面一二轮的人已经散了，他的茶壶才刚刚温热。茶博士已经备好茶点，还跑到远处的牛肉店给他打了一碗牛杂汤。牛杂汤是下力人的最爱，便宜，又有油水，蘸着白面馍馍，基本上能顶到下午饱腹。茶博士有时候也很纳闷儿，这显赫的政要，富贵的行走，谁去吃这牛杂汤？偏生这位熟客，就有着特别爱好，他不光来喝茶，还非要喝一两碗牛杂汤才过瘾。他喝起汤来，呼噜呼噜，根本没有人上人的样子。但他喝汤的动作却讲究，一手遮挡，不让汤水溅到褂子上，等喝完汤，又掏出真丝的帕子抹嘴。

他今天来的时候，神情有点疲倦，不过看见熟悉的桌子、熟悉的茶具、熟悉的牛杂汤和茶点，他还是展眉一笑。这一笑，像是把肩上的重担释然。

茶博士问："主顾，今儿的茶点可还满意？"

茶客随手给些小费，说："满意，要是有点戏听就更好了。"

茶博士赔笑道："戏要再晚些，您可以多开两泡茶。"这话是茶馆里常用的伎俩，吊着客人晚些看戏，就先多点几泡茶。

那茶客向来阔绰，沉声道："放心，少不了两三泡，六七种茶点,方才解得了瘾。"

"给张先生把茶备足啰喂!"茶博士笑得更欢乐,像是得了天大的好处,赶忙退了下去,到楼下给主顾多备茶叶,多备茶点。这位茶客姓张,他听见茶博士喊出他姓氏,不禁皱了皱眉头,似乎不愿为人所知。

那张先生坐在二楼茶馆最不起眼的角落位置,将帽檐压低把自己面容遮住,他看得见所有从入口进来的人,而茶馆里的人却很少能注意到他。

他坐了片刻,感觉时间过得很慢,慢得他有点发慌。他赶紧喝了两口茶,想要把自己的慌张压住。他自己不知道,他所有举动,都已经置于一个望远镜的圆框里了。

杨葛亮正带着人在茶楼对面的宾馆楼顶蹲守,把他看得清清楚楚明明白白。

张先生今天是带着最后一份资料来的,他将在这个交接点完成最后一次交接。这份资料,换取一个新的身份,两张前往南洋马来西亚的船票。

他需要新的生活,他每天一个人提心吊胆地过着日子也就罢了,可现在他已经不是一个人。他在夜场里认识了余小凤。余小凤这名字,一听就是艺名。但这艺名却响彻宁沪。

他和余小凤爱得很煎熬,他知道余小凤不止他一个情郎,可是他却依然痴心。他痴心得发了疯,以为自己能带余小凤走。为了达到这个目的,他已经铤而走险,所以他今天在茶馆里,等得很煎熬。

煎熬,是折磨人心的一种慢病。可是再煎熬,他也必须得等。心里藏着事的人和焦急等待的人,都很容易被看出来。连茶博士都看出了他的异常,因为他给这位熟客斟茶的时候,他发现唤他没有反应。茶博士的疑问和特务杨葛亮的疑问相同——他在等谁?

茶馆二楼的楼梯响起了轻盈的脚步声,身着素白裙子的黎观云走了上来,她披一件淡紫宋锦花格上衣,盘一个圆圆的发髻,用一根翡翠簪子穿过发团,颇有复古韵味。她拾级而上,体态匀称,窈窕曲婉,柔中带刚。她容颜秀丽,皮肤白皙,双眸含笑,浑身上下透着年轻的活力,比起和高云山在北平分别之时,又多了几分成熟。

杨葛亮在望远镜里自然也注意到了这么好看的人物。这般人物想必是哪家富贵抑或政要的大小姐。

黎观云走了上来,她有意无意地看了一眼角落里的张先生,张先生低下了头,不敢看她。于是黎观云便在对着他的旁边桌子找了个座。

黎观云唤来茶博士,叫了一杯云南上等普洱茶。南京城里不知何时在上层社交圈里流行起喝云南普洱茶和云南红茶,说此物香气独特,解腻去渴。又叫了些小糕点,她一个人吃不了太多,茶博士便问她是否要半份,她却摇头。待糕点一一上来,确实足量,她吃不了,便又唤来茶博士,问多出的半份能不能退。

茶博士有些为难："女士，这上了桌的糕点有些是不能退的，再说，适才小弟曾提醒过您是否要半份……"

黎观云正面露难色，对面的张先生先开口了，他声音很低沉，却足够清晰："勿要多言，就把多出的给区区便是。"

茶博士看了看黎观云，黎观云颔首一笑，点出了桌前盛有桃片糕的红碟子。

茶博士端着红碟子，满脸堆着笑，眼里满是艳羡。

张先生却神色大变，他只觉汗水簌簌而落，脸部肌肉剧烈抽动，他眼中仿佛看到了极其恐怖之事。眼见茶博士又近了两步，张先生却向后坐了一些，仿佛这红色碟子里不是桃片糕，而是什么毒蛇毒蝎。

茶博士却没觉察出熟客的神色变化，他沉浸在艳羡之中。这张先生丰神俊朗，和这风采绰约的女士正是相得益彰，若是二人往后交好，少不得要成为这茶楼里的佳话，自己递过的这份糕点，以后换个名目更好营销，只要和姻缘挂上点边，一定销量大增……他正自顾自地臆想，忽地一声茶杯打碎的声音从身后传来——得赶紧去收拾干净，该死该死，我这跑堂的茶博士，操什么掌柜的心！

茶博士寻声望去，那摔碎的茶杯已经化作了青瓷碎片，在黎观云脚下开出了一朵花。

这摔杯声却是把张先生魂魄惊出了天外，他本已如惊弓

　　　　　　　　　　　　　南京先生

之鸟，如何受得这般惊吓，他向后一坐，坐了个空，竟然从板凳上跌落地板。

茶博士喊了一声"哎呀"，正要上前扶他，忽听楼下脚步声纷至沓来，一群黑衣人挤进了茶馆。

张先生像触电一般弹起，掀翻了桌子，热茶和茶点撒了一地，他两个快步向黎观云跑去，其情状直如疯牛怒奔。黎观云端起新茶杯，喝了一口，全不见眼前呼啸之势。

好茶，是古树红。黎观云放下杯子。呼啸叱咤的张先生奔过她身侧，踩碾了她之前摔坏的杯子。这亡命夺路的脚步就像是踩在破碎的命运之上，适才开出的瓷片碎花却在脚底下割出一道血。

二人没有眼神交流，没有肢体接触，除了张先生奔走带起的风，便没有任何交集。黎观云斜目抬头，望向了身后的窗户。那个窗户后面是张先生唯一的逃生路径。

张先生跳了出去，跳进了巷子里，没命似的跑。楼下的黑衣人冲了上来，横冲直撞，杯盘狼藉，上下两层楼的茶客们乱成一团，呼啸声、叹气声、叱咤声、责骂声，伴随人群涌动而此起彼伏。当先的黑衣人扑了个空，挤到窗户口，四下张望而不得，将所有怨气化作一记怒腿，踢倒了旁边摆满茶点的桌子。

那桌子之上，一份桃片糕，分成了两份。

黎观云很自然地混入了慌乱的茶客之中，西服、长衫、旗袍，在混乱中谁也不起眼。她还不忘给茶博士塞了今日的茶钱。茶博士面露感激之色,这随随便便来抓人砸场子的动静看来掌柜已经习以为常,民生之多艰,今日又得砸烂不少东西。

黎观云顺着人群挤下了楼梯,她抑制住自己回望窗口的冲动,张先生跳入了巷子中,想来已经脱险了吧。

就当她正要迈步走出茶楼大门的时候,一声枪响从窗口钻了进来,滚下了二楼木阶,蹦跳着带着回响,剧烈地钻入了她的耳朵。

"砰——"她浑身一颤,定住了脚步。

只一声,没有第二枪。声响尖厉而突兀,仿佛山谷里的野兽长长一啸。

这可不是近距离的手枪之类的枪声——这一刻,黎观云的心被震住,周遭的喧哗与吵闹在一瞬间安静下来,茶楼的红漆门楣有点斑脱,方方正正的大门在她眼中不住旋转。怎么办?张先生若是落网的话,该怎么办?

"您走好——对不起您,下次掌柜请单!"茶博士拉长了声音,在门口招呼被赶出来的茶客。黎观云回了回神,一提步,还是顺着人群挤了出去。

她心中一痛,张先生恐怕见不到余小凤了。

杨葛亮有点遗憾地看着旁边的狙击枪手,该留个活口的!这狙击枪手蒙着面,辨认不出性别,似乎不大受杨葛亮的制约,倒像是来友情出场的。

　　　　　　　　　　南京先生

此人是尾野召过来的,叫裘利,在关岛受过训,单兵能力突出,是个猛人。

长处是枪法不留活口,短处也是枪法不留活口。

杨葛亮说:"您这枪法,有点费解啊,打个腿就跑不了了。"

裘利叹了口气:"对不起,我向来不打腿,而且……尾野先生只给了打头的价。"他声音粗细难分,像脚步踩上了碎玻璃碴,也难以判断性别。

杨葛亮苦笑着一摊手,果然是利字当头。

"请问葛亮君,我这番任务可完成?"裘利问。

杨葛亮道:"你觉得呢?"

"完成就要结账了。"

"我可以看一下你的枪吗?"

裘利有一丝犹豫,但还是递了过去,尾野嘱咐过,要给杨葛亮必要的尊重。

杨葛亮接过枪,用手摩挲,这是支精良的装备,他忽然一抬手,"啪——"朝巷子里张先生倒下的地方开了一枪,尸体不远处的一个滚动的瓶子被打得跳起。

杨葛亮看着裘利:"打打瓶子,我也能办。"

既然杨葛亮自己都能办,就用不着尾野招来裘利了。

"哦?这么说,我这任务没完?"

"对。"

"这人不算大人物？"裘利问。

杨葛亮道："这人姓张，名至成，是首都警察署要员，被敌人拉下水，也算是大人物了。"

裘利问："那尾野先生是想……"

杨葛亮神秘一笑："搂草打兔子，打死张至成，只是对付'南京先生'的一步棋啊。"

裘利不大明白，杨葛亮对他轻蔑一笑，这家伙果然头脑简单。如果不是头脑简单，尾野也不会训练他作为死士。

杨葛亮看着远处慌乱熙攘的人群，叹了口气，据可靠消息，"南京先生"已经捷足一步，离开南京城了，那么高老头要到哪里去征募他？

十七

香港的老茶楼"老顺德"和南京的茶楼有异曲同工之妙。

琉璃色的小砖瓦块铺满了排档式的店面墙壁，数十个小蒸格、蒸笼装着香气四溢的早茶点，堆放在一个四方的小小推车之上。小推车在大厅两排桌椅之间徐进，两侧茶客伸手自行取食，推车阿姨会在茶卡上打钩标记，等茶客饮完，下楼买单，吃了些什么，喝了些什么，一目了然。

大厅角落的包厢内，两名男子正在享用今天的早点。瘦弱的老人有些仙风道骨的模样，他坐着只喝茶，不说话。而他对面的日本年轻人点了一碗又一碗早点，蒸凤爪、奶黄包、虾饺皇……

正在大快朵颐的正是青田，他此番陪着高鹤松来香港，实在觉得不错。他对军国主义那套有些抵触，能离开南京那个是非地，就当短途休假，再加上这趟旅程还有大金主高鹤松全程保障，他心情甚好。

他很庆幸自己出了这样一个主意，说动了尾野，要求高鹤松来征募自己的儿子高二郎，也就是代号"南京先生"的军统要员。他甚至觉得高老先生应该感谢自己，若不是自己想出这个让他们父子俩都能荣华富贵的法子，恐怕高鹤松在当日的饭局上就要换地方吃丧席了。这也是青田自诩为高鹤松挚友，所能想到的最好的法子。高鹤松可能一开始不大理解，他生闷气，他发脾气，可是这无妨嘛，慢慢想，很多事情都是这样的，人的思想必须和自己和解，只有善于向内和解的人，才能顺应外事，才能颐乐天命啊。

青田吃茶点的时候想起了尾野，当年轰炸广州的时候，青田和尾野也参战了，他们共同的记忆中，对粤式的饮食颇为着迷，直到后来二人领教了高鹤松的淮扬菜，才发现人间竟有如此臻品。尾野这个人，虽然阴狠了些，可是对青田还是蛮宽容的，人不能只是脸谱，在对待高鹤松和他儿子的问题上，尾野表现出了难得的人情味。只要高鹤松征募了高二郎，这个事就既往不咎了。

青田吃着皮蛋瘦肉粥，突然觉得尾野挺累的，他已经不是纯粹的帝国军人了，他现在权力很大。有了很大的权力的人，就想要更多权力。权力这个东西，容易让人上瘾，越上瘾就越想抓住更多。他现在需要再上一个台阶，便更能生杀予夺。

高鹤松吃了两口热粥，神情也愉悦起来了。他看着青田，问："青田君，您还要吃些什么？"

"不用，这已经很丰盛了。"他们这一桌，足足点了十三个菜，如果不加上伺候在侧的高鹤松徒弟付世龙，用餐的也就一个半人——高鹤松的胃口，顶多算半个。

青田吃饱了饭，准备开始和高鹤松聊正题："高老先生，您确定您儿子今天会来？"

高鹤松道："我确定他会来。"

"您是如何轻轻松松就联系上他的呢？"

"青田君，你切莫以为联系上他很轻松。世龙这孩子跑了多少路，发了多少封电报，寄了多少次信件，您并不知道。"

青田道："据说您和儿子很久未联系了。"

高鹤松道："但凡父亲要联系儿子，总也会联系上的。"

青田笑道："真是功夫不负有心人。"

"他在南阳办事处留了一个地址，这是他最后待过的地方，我们以这个地方为原点，发布信息，总有一条他能看到。"

南京先生

"他看到就一定会回复？他如何相信这些信息？他是职业特工啊。"

"但凡父亲言辞恳切，多少也要信几分的。青田君等您以后有了孩子就会明白了，有些语言，是父子之间的天然密码。"

青田摸着嘴，琢磨了下他的话，点头道："高老先生，我信您。"

"哦？何故突然出此言？"

青田满目伤感，这场战争已经让他离开家很久了。"我虽然还未有子女，我却也是别人的子女。"

"青田君，您很久没见您家人了吧？"

"是的，您多久没见您儿子，我就多久没见我家人。"

"战争啊……"高鹤松端起茶盅，喝了一口。

"实话说，我也很厌倦、很反感战争。我们就不该来南京，不该来……"青田突然说出这句。高鹤松看了他一眼，他打住了舌头，这可不是他应该说的话，更不是应该在一个中国人面前说的话。

高鹤松笑道："青田先生能在老夫面前直抒胸臆，足见对老夫的信任。"

青田苦笑道："我不该来中国，可是不来中国，怎么认识老先生您。"

高鹤松道："中国有句古话，想必青田先生听过。"

青田微微一笑，端起了茶盅："人生得一知己而无憾。"

高鹤松叹气道："这话说的是'朝闻道，夕死可矣'。如果我们都能领悟到人生的真谛，就没什么遗憾了。可是人生毕竟那么短，总得和自己的家人在一起……"

青田不说话了。

高鹤松不说话了。

有些话，本不必说。

有些话，不说比说出口更有意思。

房间里包裹着一种奇怪的温暖，一老一少，皆在念及各自的家人。

这是永远的避风港湾。漂泊在外的高二郎，终于有机会能回来见到自己的父亲了。

父亲给他选择了一个吃早点的地方，他从小喜欢糕点，虽然这里不是南京，但粤式的糕点也是不错的，稍稍替代一下子，等谈好了，就能把他带回南京去，享用正宗的南京点心。

他们二人正说着话，只听包厢外响起了脚步声。

"青田先生，我是不是说过，但凡父亲要找儿子，总能找得到。"

高鹤松放下了杯子，青田的脸色一凝，包厢里的气氛骤然一变。

黑色的雨伞挂上了木栏，水滴缓落而下，一尘不染的皮鞋走上了最后一级台阶，小牛皮材质反出了光。

南京先生高二郎来了。

不,高云山来了。

他的脚步声并不重,每一下却都像踩到了高鹤松的心坎里。

他为什么来香港会面,那是因为他为"即将投诚的叛徒",必须选择安全绕行,找一个相对安全的路径、一个相对安全的城市。选择这样的路径和地点,也是为了让敌人信服他的身份。他在徐希贤书记的安排下更换交通工具,悄然前来赴约。

脚步声停在了包厢门口,高云山的脸倒映在了包厢玻璃门上,他整个人都变了。他褪去了新四军在战场上那种呼啸叱咤的杀气,穿了一身藏蓝色的宽领西服,戴着整洁的帽子,他浑身上下透着一股子"败军之将"的气质。他站在门外观察了一会儿,然后出手敲了敲包厢门。

高鹤松和青田不说话,竖起了耳朵听。

三下短,两下长。这是约好的敲门声。

呀的一声——包厢门开了,包厢里迎来一个尖嘴猴腮的瘦子,他穿着亚麻色大褂,像是旧时当铺里的小厮。

高云山像是松了一口气,包厢里没有高鹤松。

按照青田的计划,高鹤松不能第一时间和高云山见面,他需要判断一些重要细节。所以他和高鹤松坐在二楼甲字间,而和高云山约的地点是三楼丁字间。

当然,所有的监听设备,一个都不少。

青田嘴角露出一丝狡黠的笑,高二公子的测试开始了。

那迎面而来的小厮见了高云山,高兴极了,从头到脚都在高兴着,像是见到了失散多年的亲人,他拉着高云山的手,简直要喜极而泣:"二少爷,您不认得我了?"

高云山强压了内心的震动,他确实被打了个措手不及,信件里邀他赴约的,是父亲,来迎接他的应该是徒弟付世龙。

这扑面而来的面孔却颇为陌生——若是不陌生才奇怪了,他毕竟不是把高二郎的整个大脑复制过来,全盘接管他的记忆,他只是阅览过徐希贤提供的剧本与相关人员照片。

人的大脑和眼睛之间有着非常神奇的连接,对于熟悉的人,再次于人群中相见,都能一眼认出。这绝非通过阅读文字能建立起来的识别关联,这是影像从眼睛里进,钻到大脑里,唤醒记忆的东西,这个过程快速无伦,没有任何拖延。也不会有一丝犹豫或者奇怪。

高云山骤然见到这位喜极而泣的陌生人,他一时没关联上他是照片里的谁! 他的身份却不允许他有这样一丝奇怪或者犹豫的反应。一丝奇怪或者犹豫的反应,都将被隔墙之耳抓住,都将被眼前之敌抓住,让他死在剧本的开篇!

"二少爷,您——真的不记得我了!"

妈的第一关就这么刺激,高云山暗自骂了句娘,他脑中一阵抽抽,他先冷冷地哼了两声,哼得对方有点尴尬。他盯着

南京先生

对方,那眼神像刀,能把对方从头到脚剥开一遍,对方竟然被看得一颤。

他终于在脑中找到了这张脸孔的关联,这是剧本里一个不起眼的人物,徐希贤的剧本里只描述了他一两句话。

青田和高鹤松竖着耳朵听,只听高云山道:"邓四,你这些年怎么不长进,还这么娘娘腔。"

十八

高云山终于把邓四对上号了,他是高二郎在南洋商行的一个合作伙伴。高云山认出了邓四。邓四很高兴,叫来掌柜,把高二少过去喜欢的糕点一一上了一遍。他携高云山之手,往八仙桌前坐下,斟好茶,问长问短。

高云山面色却不甚和善,甚至有一丝颓废,只是冷冷地问:"我父亲要找我,你为何会在这里?"

邓四笑道:"高老爷子要我来接您的。"

高云山冷冷地道:"我父亲信不过我?"

邓四道:"哪里的话,自打付世龙联系上您,高老爷子不知有多高兴,只是您也知道,此刻他是南京城里的红人,有些事情,还是需要弄清楚才方便相见。"

"说的也是,自古只有儿子拜见父亲,没有倒转过来之理。"高云山叹口气,他面色有些白,他的许多情报线都被清扫掉了,作为军统南京区的要员之一,现在已经是败军之将。

邓四安慰道:"二少切莫灰心,这人生总是此一时彼一时,只要找到对的路,还怕没有好前程?"他一边说,一边把糕点推到高云山面前。

高云山挑出了榴梿糕,推还给邓四,说道:"我从来不吃这个。"

邓四一抿嘴,准备进入正题:"二少,我是来接您回家的。"

高云山瞪着邓四,道:"这国都破了,哪里还有家?"

邓四神色夸张,激动道:"南京就是'新国家'的起点!那里有高老爷子,有我们啊。"

高云山冷冷道:"邓四你什么时候也成了狗?"

邓四道:"当狗有什么不好?"

高云山喝了口茶,嘴里蹦出两个字:"不——好——"

这天没法聊下去了,邓四只得赔笑,继续问长问短,高云山继续冷着脸,每次回答都把邓四搞得异常尴尬。

邓四滔滔不绝,高云山有一搭没一搭地接话,他时而心不在焉,时而话锋凌厉,然而任他如何逼邓四,邓四也一直堆着笑,旁人若是见了这样的情状,非要以为邓四有受迫害癖好不可。当然,聪明点的人,一眼就能看出邓四的别有用心。只有别有用心的人,才能忍受高云山此刻的冷漠和尖酸!

邓四话题一转，准备放弃和高云山聊家国问题，这些意识形态的事，他层级太低，不可能一两句就能说服赫赫有名的"南京先生"。

而对于高云山来说，一定要表现出倔强，甚至还得带着一些负隅顽抗的挣扎，他可以和对方表达自己的政治立场，因为对方知道，如果这么快就能放弃立场，这人是不可靠的。

"您已经在信里答应了您父亲。"

"是，我答应了。"

"您答应了，那我们就不会有分歧了，对不对？"

"我只是答应了回去见他，却没有答应消除这些分歧——有些事，大是大非，根本就不叫作分歧！"

"二少，抛开所有政治，您不想念父亲吗？"

"我——我想念南京的一切。"这句话出口，高云山的泪就涨满了眼眶。

"二少，您住在香港哪里？"

"我既然同意在这里见面，自然出于安全考虑，我怎么可能告诉你我住哪里？"

邓四问："那等我安排好了返程，该如何联系您？"

高云山道："你是什么东西，凭什么安排我？"

邓四脸色一愕，旋即堆笑："您刚刚不是已经说过了？"

"我说什么了？"

"您说了，我是狗！"他比出两个狗爪的姿势。

高云山紧绷的脸终于有了一丝笑,他被邓四逗乐,这家伙,真是脸皮比城墙还厚。

"那总得留个联系方式吧,等您做好准备了……"

"等等,我可没说要和你一起走。"

"您若是不走,待在这里干什么?您现在境遇似乎并不太妙。"邓四眯起了眼睛,他此刻终于不再像一条狗,而是像一条毒蛇,正吐着芯子。

高云山颓然道:"这你也能看出来?"

"二少,我邓四也在场面上跑过,人的内在气场也能分辨一二,人颓了,再整洁的衣服都是撑不住的。"高二郎在南京已经失利了,好几个线网都被尾野和杨葛亮端了,连本该最坚固的张至成,也因为一个余小凤露出了破绽。

高云山喝了两口茶,说:"既然联系上了,就容我缓两天。"

邓四道:"您现在没什么好选的,跟我去见高老先生,总好过如……"他想了半天,没有把这话说出口,高云山看着他,帮他说:"丧家之犬?"

邓四笑得越发诣媚,道:"好男儿,终有东山再起时。想当年,商海浮沉,二少不也是起起落落,潇潇洒洒?"

高云山不说话,凭空地享受着邓四这没来由地讨好言辞。

这一场早茶喝到中午方才散去,离别时邓四不忘再度给

南京先生

颓废的高云山打气，高云山演得也颇为入戏，拉起邓四的手，深情不语。邓四一再相问，高云山才启齿道出自己原来寄居在弥敦道的一处破旧旅馆。他在南京区的任务遭受重创，威望一落千丈，这番父亲来信征募他，为了安全起见，双方约在香港见面，可这来往的路费盘缠，已是耗资颇多。邓四听他明言窘迫，神情得意，便说请二少回去稍事收拾行李，晚上即来帮他搬家，去哪里？当然是索菲特大酒店！你高二少当年在香江商海纵横，是那里的常客！

高云山和邓四在"老顺德"门口分了手，便雇了一个黄包车。邓四为人机灵，上前先把车费给高云山结掉，然后拉着高云山的手，待夜幕降临，我来约兄一乐。高云山僵硬地一笑，很不情愿地承下了他的情。

邓四目送那黄包车走远，两旁的老楼向后退去，他鼻尖一凉，抬头发现天下起了蒙蒙雨。

天色黯淡下来，楼上的高鹤松推开窗户，看着高云山离去的方向。青田悠悠然站在高鹤松背后，刚刚听也听明白了，这语气，这语调，这语声；这形态，这形势，这形貌；这习性，这习惯，这习养……高老先生，您该给我一个判断了。

"来者可是您的二儿子？"

高鹤松长吸了一口气，他从窗口眺望，那黄包车离去之处，一条电车道，两条人行道，三个不同方向的路牌，左右分叉的街角，雨水沉浸了低洼处，城市的倒影逐渐模糊难辨。

青田笑了："怎么？您有犹豫？"

"对。"

"有犹豫便是正常事，您若没有半点犹豫，便不是人父了。"

高鹤松道："分开这些年，孩子长大了，我都有些不认识了。"

青田道："这世界上哪有不认识自己孩子的父亲？"

该怎么回答青田这个问题？自己真的要把儿子拉下水吗？儿子的性格依然偏强，从刚刚他对邓四的态度就能感受到。

高鹤松道："虽然我们是朋友，可我真的要把儿子拉到……他不认可的阵营吗？"

青田一耸肩："胜利者在乎结果，只有失败者才谈过程。我们最终会大东亚共荣的，不是吗？"

高鹤松不说话了，青田掏出了笔纸，把今天的情况简单记录下来。当他写到最后一栏"研判"的时候，他停下了笔，还是说出了刚刚的问题："高鹤松君，这个问题，您没法回避的，您若是回避，我就当您是在否认了……刚刚来者是您的儿子吗？"

"来者是您的儿子吗？"

"来者是您的儿子高二郎吗？"

青田的问话像在天外，房间里的横梁不断旋转，高鹤松

南京先生

手心捏出了汗,这天底下哪有不认识自己儿子的父亲,他知道来的是自己的儿子,可是来的并不是高二郎!

他已经意识到大致发生的事情,不由得老泪纵横。

青田看着他,目光化作巨大压力,笼罩着高鹤松瘦弱的身躯。

他必须做出一个艰难的抉择。他们是来征募二儿子的,可是来的却是大儿子,这大儿子冒充二儿子,显然煞费苦心,做足了准备,是不是赌定了高鹤松认不出他?

当然不是!这世上哪里有认不出自己儿子的父亲?

那么,问题的另一端过于残忍,高鹤松该怎么办?掩护大儿子,还是不让他蹚浑水?手心手背都是肉,要他给二儿子套上汉奸的污名尚且让高鹤松纠结万分,更何况大儿子还是顶替二儿子前来的。

邓四用了许多测试高云山的法子,回忆,是最好的测试,只有熟悉二人共同的回忆,甚至是细节,才能确认这人的身份。而最后的测试,还在高鹤松身上,高二郎作为"南京先生",神龙见首不见尾,到底是不是高二郎,这得同一认定!

如果他否认,他和高云山都将不可能活着离开这个城市。

父亲总是心心念念想要把孩子们都带回南京呀。

"高老爷子,我最后一次问,来者是您的儿子——高二郎吗?"

高鹤松转过头,按下了心中的惊涛骇浪,他强自撑出了云淡风轻的自若,用坚定的眼神告诉青田一个字:"是。"

十九

夜幕降临,邓四早早地等候在了高云山入住的旅店之外。

高云山下楼,收拾了两口箱子。在邓四看来,这应该是高云山仓皇间南下带来的所有家当,高云山果然如丧家之犬,想和日本人斗,和汪主席斗,怎么可能胜?好在这些人都能明事理,迷途知返。

邓四弄不明白,既然已经把他打败了,为什么还要搞那么复杂?好在他是个简单的人,这些复杂的问题,不必自己去搞清楚,既然尾野先生说了要征募他,肯定就有他的道理。杨葛亮解决掉的,说不定只是表面问题,而在肌肤之下的问题,尚需进一步清楚,这"南京先生"在南京蛰伏多年,知之甚详,一定还有利用的价值,所以才这么大费周章地来征募他。他只需要完成接触他的任务就好了。

高云山上了邓四的车,他们却没有直接去索菲特大酒店。

高云山警惕道:"这不是去索菲特酒店的路。"

邓四道:"二少,您记性真好。"

"你要带我去哪?"

"我白天就说过了，我要带您去找乐子。"

"邓四，你这娘炮，老子今天没心情。"

邓四方向盘一转，笑着道："二少，给我个机会，都是公费。"

车辆在一处极为僻静的夜总会前停下，那夜总会名字叫得极为艳俗，叫"丽都之花"，门口的女郎浓妆艳抹，颇为时尚。从这格调来看，显然不是什么高雅之所。

邓四让高云山把行李箱放车上，然后拉着他的手，走向灯红酒绿之所。高云山下车时犹豫了片刻，邓四说道："二少切莫清高，这些场所，难不成你没见过？重庆政府方面的人，还有不喜欢这个的？"

高云山暗自心惊，不明邓四真意，他警惕起来，邓四多半故意为之，以做测试，自己从未进过这类场所，稍有不慎便会露出马脚。邓四不等他答话，拉着他的手，径直向里面走去。高云山感觉一阵恶心，像是手上摸到一只蛤蟆。一名丰腴的女郎迎了上来，和邓四挤眉弄眼，邓四一口广东话，竟然说得像模像样，这家伙看来对香港已经颇为熟络。

女郎将二人领到一个木门旁，敲了两下，一个彪形大汉探头出来，女郎低声说是熟客，大汉才放二人进入。高云山跟在身后，进入一处狭窄过道，两旁粉红色的帘子隔开了一排卡座，那帘子背后男女身影缭绕，有压低的呻吟声。

邓四招呼高云山在一处屏风后稍等，他绕过屏风交涉，片刻后那屏风拉开，里面是个三面方形的桌子，已有一名约四十岁的男子和数名女子饮酒作乐。那男子颇为沉稳，和女郎谈笑之间也有尺度。

邓四道："这是余昂先生……这位便是高二郎先生。"

那个叫余昂的男子颇为热情，站起身来，和高二郎握手。"高先生，您不记得我了？"

高云山看着他，道："我和先生是初次见面。"

"您确定？我们在越南见过！那次也是这样的地方，我当时没钱付台费，是高先生慷慨相助！"

"我确定，我们没见过。"高云山道。

余昂点了根烟，招呼邓四和高云山就座。邓四把高云山让到主座上，自己坐得远远的，像是余昂的仆从。"高先生，您选几个陪您吧，能在这儿陪您，也能出去陪。"

高云山没听懂，他脑子转了一下，估计他说的是皮肉交易，这话可该怎么接？他指了指酒杯，余昂让女郎把洋酒斟满，道："喝了这杯酒，我们就不是初次见面了。"

高云山举起酒杯，摔个粉碎，场面一度到了冰点，他冰冷着脸："邓四可没有说，今天要见别的人！"

邓四有点无措："二少，余昂先生能安排咱们平安回南京去！"

高云山气笑了："我既然能南下来这赴约，自然就能有法子离开，这说的什么话，我现在非常质疑，这个约，到底是不

　　　　　　　　　　南京先生

是我父亲本意！"

邓四说："是的，必定是的。"

高云山道："那这位余先生，又和我父亲有什么关系？"

"这个，这个……"邓四不知如何应答。

余昂开口道："邓四，你出去吧，这里我来解释。"他的声音沉稳，有些读书人的气质，明显和猥琐的邓四不同。

邓四退了出去，只留下高云山和余昂。

"谈谈吧，我想见能负责的人。"

余昂淡淡道："中国的汉字博大精深，投诚投诚，首先是个诚，不管是谁引荐的、谁吩咐的、谁策动的，只要是对面过来的人，都有一套接引程序。高先生，您既然接了高老爷子的招，就放轻松，相信在下的专业程度，在下已经接引过不少同行，我十分清晰如何才能达成最佳诚意，相信我，我是为了您着想，这对于您将来在汪主席的旗帜下能爬多高，至关重要。在走完程序之前，您不要过多表态。现在并不是最好的谈话时机，或许高先生的父亲自己想亲自和您谈，也不一定，您说，是吗？"

能说出这番话，余昂无疑传递了一个信号：我就是能负责的人。

"那今天晚上……"

余昂笑了："我若是你，今天晚上就好好放松，喝喝酒，人和人相处，我们还得有一段很长的路。"

高云山一颗心感觉坠到了海底,这家伙比想象中要老辣得多。

余昂端起了杯子,舞台中间的艳舞表演开始了。

艳舞表演的女郎只穿了一层纱,一道聚光灯打到她瘦小的身上,像是未成年的小女孩儿,她摇着细柔的腰,踩着音乐里的靡靡之音,那声音让人面酣耳热。

高云山头上汗直淌,这可怎么办?善良正直的徐希贤书记是大罗金仙,算无遗策,可没有教他如何面对粉红骷髅啊!看邓四和余昂这架势,是老手啊!他蓦地联想到,邓四在门口说了,国民党阵营还有不喜欢这个的?妈的腐败啊,焉能不败啊!他喝了一口杯中的洋酒,想压一压,嗯?他差点喷出来,这什么尿?

音乐声音好像大了一些,不知道是不是心理作用,高云山在昏暗的角落里,闭上眼睛,心里冒出了黎观云的面容,这个在读书时代就一直喜欢的女生,现在不知道在哪里。他有点后悔没有向她表白过自己的心意,他曾经和鲁川江闲聊过,关于爱情和婚姻,现在可以自由选择了,换了以前,都是封建包办!那高老爷子的性子,还不得给高云山和高二郎包办得彻彻底底?

他想起黎观云的容颜,他第一次见到她的时候,她唱着歌,整个人像是泛着光,薄薄的日晕像是给她披了一件五彩的霞帔。她清丽而柔和的面容,带着知性和受过良好教育的

南京先生

气质,嘴角总是微微向上,侧着头梳理头发时散发着可爱和青春的气息。

他耳朵里听见黎观云唱着歌,歌声飘出了北平城外,飘到了千里之外,稳稳当当地落在了他高云山的耳朵里。爱的力量原来如此神奇,可以把一个人的五感都封闭,仿佛置身在一个独立的天地之中,你想的,看的,念的,听的,都只有她一个人而已。这世界有很多河流,也有很多高山,高云山憧憬的,只是革命胜利后和黎观云一起看云彩。晓看天色暮看云,行也思君,坐也思君。

余昂递给他一杯酒,他下意识地接了过来,幸好他从头到尾都表现冷漠,因此他的心不在焉,也能被顺理成章地接受。高云山第二杯酒下肚,心中有些火热起来,他意识到自己此刻仍然身处险境,敌人在侧环伺,绝不是思念心中爱人之时。

好在艳舞表演终于结束,他不再内心作呕,稍稍正坐后,向余昂投以询问的眼光。

余昂笑着道:"二少,您以前在南洋经过商?"

"是。"

"您都做些什么买卖?"

"丝绸、玉器、烟草……做一样,赔一样。"

余昂笑得更开心了:"二少您不是个搞商业的人。"

"那我是哪样的人?"

余昂看着他，像是要把他看穿般："您是搞政治的啊。"

"搞政治也不好弄，现在也闹得灰头土脸。"

"很多事，并不是眼前所见这么分明。"

高云山道："可是有些是非还是要坚持的吧。"

徐希贤指导过高云山，在测试者面前，一定要坚持一些意识形态的立场，稍稍一谈话，立马就倒戈，这才让对方起疑。

"什么是'是非'？"余昂看着他。

"民族，家国。"高云山掷地有声。

余昂抽了一口烟，道："是百姓啊！"

高云山万料不及他一汉奸走狗竟然说出"百姓"两个字来，只听余昂悠然道："您是南京人？"

"是。"

"日本人打进南京，政府拍屁股跑了，留下老百姓，该怎么办？"

高云山愤恨道："日本人屠了城！"

"日本人屠城时，蒋先生在哪里？"余昂喝了一口酒，"是了，所以说，在日本人和百姓之间，必须有一道缓冲，如果没有这道缓冲，老百姓会更惨！会死得更多！"

高云山不说话，只听余昂接着道："汪先生国民政府就是这道缓冲啊！"

高云山喝了一口酒，还是不说话，有时候沉默才是最直

南京先生

接的回应。

余昂问："高先生，您认为如何？"

高云山道："我对您之前说的，很受用。"

"我之前说什么了？"

"您说，在走完程序之前，不要过多表态，现在并不是最好的谈话时机！"

余昂一愣，随即笑道："看来高先生对在下的话，领悟很深。"

高云山面露厌恶之色，道："那么我什么时候可以离开这里？"

"这里？哪里？"

"我觉得这表演的女郎太丑了些，贵方就这点品位？"

余昂琢磨了半晌，把烟摁灭，把酒喝光，说："马上！"

二人走出夜总会的时候，邓四已经站立在汽车旁边，他拉开车门，迎了二人上车。在车上，三人不说话，径直领着高云山去了索菲特大酒店。

前台的女侍者长得很是水灵，她看了看高云山，感觉像是曾经见过的高二郎，然后用粤语说了一句："好久不见，高二郎先生。"

这声称呼钻进高云山的心，他顿觉五味杂陈，驻足在酒店前台停留了片刻。在他熟悉的高二郎剧本里，这个地方是高二郎过去赴南洋从商的中转站。剧本里记录了一句，高二郎对酒店前台的这位女侍者颇为认可，因为自己曾经把一本书落在了房间，这位女侍者收了起来，等到半个月后他再次来住店时，她归还了他。

他看着前台挂着的钟表发了一会儿呆，像是要把弟弟的人生都重新过一遍，那个叛逆的小子，一定很不情愿被父亲打发到广东去做生意。好在这里的茶点和小吃不错，弟弟应该多少有些慰藉。

命运就是如此奇妙而充满黑色幽默，过去弟弟总是被认为不如哥哥，现在哥哥却要让自己活成弟弟的人生。

那就好好做，把弟弟没做成的事都做好吧！

余昂给高云山办好了房间，递给他一把金灿灿的门钥匙，那钥匙做工颇为奢华。就在余昂准备告辞之时，高云山突然叫住余昂："余先生。"

"高先生，有什么吩咐？"

"我需要借支一部分钱。"住在这样的酒店里，消费不低，就算余昂、邓四用专门的情报经费为他结掉房费，可是吃饭饮酒、侍者小费总要花钱。

丧家之犬、败军之将，就要有点窘迫的样子，这样才真。既然来投诚，怎么可能不谈价，先急切地要点钱，这才像样子。

这大概是高云山第一次伸手借钱，以前上学那会儿，只有鲁川江管他借钱的。高云山堂堂正正问余昂借钱，面子上

南京先生

也撑得很自然,一点儿也没有失了风度,毕竟还是高二少啊!这演技得把握好。

余昂眯着眼,问:"多少?"

高云山道:"有点多。"

高二少既然开了口,就不能让自己掉价,否则显得自己没有利用价值。

余昂问:"说个数。"

高云山点烟:"多少都能满足?"

这就是在试探余昂的权限额度了。

余昂也点了一根烟:"上限还是下限?"

高云山冷淡道:"上限。"

"酒店可以记账,所有消费记我头上,包括小妞。上不封顶。"余昂上前又把两包烟塞进了高云山衣兜,说道,"都是同行,体面点儿。"

高云山冷笑:"我这么重要?"

"当然,您的父亲是日方要员尾野先生的红人。"

"我在南京的阵地,不是已经被杨葛亮扫清了?"

余昂吐出烟圈:"杨葛亮那自作聪明的家伙。"

"听起来您并不苟同。"

"很多人看不惯他啊,迟早他要栽跟斗,您回南京了要小心他。他一定妒忌您。"

"他也是重庆政府方面投诚过去的,算是我的前辈吧。"

高云山揶揄道。

余昂道："您比他重要得多。"

"为什么？"

"我出现在这里来接引您，不就是证明？"余昂这句话，既捧了高云山，又抬了抬自己。"杨葛亮可没有这个本事能全部清扫完，我说的是'全部'，您懂我的意思。"

在杨葛亮的清扫行动中，"南京先生"是出逃了，经过尾野等人的研判，"南京先生"还有更大的价值。他熟悉对方阵营在南京的一切活动手法，他甚至可能掌握着更多潜伏在伪南京政府里的人事，这可不是一个光杆子投诚来的杨葛亮所能比拟的。

"我以前知道杨葛亮。"高云山说道。

余昂点头道："他投诚得比较早。"

高云山道："你们知道他过去在蒋政府里是做什么的吗？"

余昂一耸肩："同行啊！"

高云山好奇道："他投诚的理由是什么？"

"他说的是'我们需要和平，而不是战争'。"余昂边说边笑。

高云山道："这可真是讽刺。"

"这也是多年前的说法了，您知道的，那个时候很多'两统'的人投过来，我们接引工作负担很重，能有些看起来不那么奇怪的说辞,程序上都从简了。"

高云山道:"这么说,你们没有对杨葛亮进行过严格程序的审查?"

"您是想说什么?"

"我想说的难道余先生不明白吗?我们都是同行啊。"

余昂淡然道:"我只做一时的接引工作,甄别工作却应该持续很长时间,对吗?"

高云山道:"这个甄别的持续时间很长……上限还是下限?"

余昂笑着道:"上不封顶。"

高云山不说话了,余昂拍着他肩膀,像是怕他多心,道:"放轻松,别怕,刚刚在下不过玩笑话,只要诚心投靠,我们一定会是过命的战友!大东亚的共荣终将来到,和平一定会实现!高先生如此要人,若他日得到眷恩,一定不要忘记在下。"

高云山道:"您是我在香港见到的最后一位接引人了,对吗?"

余昂停顿了一下,但是这个犹豫被高云山抓住了。高云山追问:"我父亲是不是也来了香港?"

余昂有点错愕:"没有。"

"不可能,您刚刚说了,甄别工作上不封顶!"

凭一个邓四,一个余昂,怎么甄别蛰伏甚深的"南京先生"!

"别说我父亲高鹤松了，甚至还可能来了 76 号南京区要员，或者日方要员。"

"您是不是把自己想得太重要了？"余昂问。

"您的表情已经把您出卖了，我的同行先生！来者是特高课的要员吧？"高云山看着他，一字字道，"我可不是要点小钱，您懂我的意思吗？"

图财，这理由比杨葛亮那句"要和平不要战争"真实多了，高二郎终归是商人出身啊！余昂心下一宽，颇为满意，他展眉一笑："按照程序，您确实不会见到除我之外的人了，但这般洞察力，不愧是'南京先生'啊。"

高云山叫来侍者，在酒水单上签下了两瓶价格极其昂贵的酒。他虽然不会喝洋酒，可是他也知道在酒水单上排在最前面的，一定是最贵的，另外，外语名字最长的，也一定是昂贵的。

高云山似笑非笑地看着余昂："既然见不到别人，那就尽快安排返程吧。"

余昂叹口气："会的，我怕考验久了，我会破产。"

二十

余昂给高云山准备了一口箱子，箱子里装了当季的衣服,还有这几天的报纸、书籍、零食。他把高云山打扮了一番,戴上八角帽,贴上清秀的小胡子,背上一个相机包,彻头彻尾的记者形象就出现在镜子里。

高云山不觉好笑,对方为了掩饰他,也端的是煞费苦心。余昂看出了他内心的揶揄,便出言道:"高先生切莫觉得我是多此一举,你既然有心反正,重庆阵营和延安阵营不会饶你,荣华富贵的前提,是得留条命。"

高云山道:"既然我决意反正,那就该坦然面对一切。"

"您有所不知,我接引过的反正来者,也有不少中途被刺死的。"余昂道。

高云山道:"我八字硬。"

余昂笑道:"高先生不光八字硬,命也值钱,起码比过去那些被刺死的,要有价值得多。"

高云山不说话了,这话题说下去就沉重了。此刻他已经不是光荣的新四军战士,而是用他弟弟身份活着并要潜伏进南京的高二郎。从外人来看,高二郎如今已是穷途末路,准备去投靠在日本人那里得势的父亲高鹤松。

高二郎曾任军统南京区要员,手握重要情报,联系重要线人、情工,此番举动必定为人所深恨。他越有价值,就越会成为刺杀的目标。

余昂调集了人手,安排妥当,须得让高云山安全返程。这是青田先生专门交代的。青田虽然不怎么起眼,可是他背后是当红的特高课尾野。

青田和高鹤松已经早一天登船离开了。按照程序,高云山须得在对方的安排之下,前往76号南京区接受一系列询问,填写一系列表格。

船开了出来,高云山看了一下窗外的海,海的颜色很深,很沉,像是人生的厚重,又像是命运的无常。他对面坐着几名看护他的人,相貌青面獠牙,看起来实在不端。他便闭上了眼冥想,他把高二郎的一生剧本又想了一遍,弟弟真是个厉害人物。蛰伏敌内,屡建奇功。一想到弟弟跟自己一样,有着一颗红心,他就感到无比的欣慰,胸口仿佛更热熨了一些。

船行数日,高云山起初颇为不适,为了不让看护人轻视和起疑,他强自镇定,颠簸了几次之后,逐渐熟悉行船。他日日夜夜保持警惕,唯有在夜深人静之时,开始想象黎观云的模样。这乱世之下的思念,真是如大海里的泽草,既牵连不绝,又漂浮无望。也不知道徐希贤书记有没有帮忙找到她。

水路直上,及至上海,复又换成列车。他登上列车之时,看了一眼前方的铁轨,那铁轨蔓延向前,如一人全力伸展之状。铁轨的前头是一团白雾,那雾气层层叠叠不散,根本看不清远方山景。

高云山突然想起自己过去曾多次带队袭击日军列车,破坏津浦线路,不由得感慨万千,自己过去在列车顶、列车侧,还从未端端正正地坐在这趟列车之上。

南京先生

高云山在柔软的座位上伸展开,把这几日的警惕都放了下来,蓦地,他内心浮起一股不祥预感,仿佛这趟列车就是他生命的终点。

列车驶出,他忽然记起此前救过的顾阿四,这小孩不知道怎么样了?鲁川江不知道怎么样了?参谋长呢,我的战友们呢?他们都还好吗?他心中突然冒出一个念头,坏了,鲁川江会不会不知道我在这列车之上,他们不会今天要炸车吧!

列车在经过一处隧道后,临时停车,看护人纷纷拔枪站起,把高云山围住,背对着高云山,保护这位极有价值的要客。高云山的心突然怦怦而跳,不会真是同志们来炸车吧,又或者,难道是军统方面侦知自己在车上,前来杀"叛徒"?

他握紧了腰间的相机包,里面有一把匕首,那是他手上唯一的武器。

他数着时间,一秒两秒三秒⋯⋯列车终于又启动了。

就在列车经过一处密林之时,高云山从窗户的一角晃眼看到了熟悉的记号,他长出一口气,果然这趟列车是被盯上的目标,可是鲁川江为什么没有动手?是的,定是徐希贤书记和罗参谋长安排好了一切!他对组织的信任笃深,自己怎么可能被误伤。

他有所不知的是,这趟列车确确实实被新四军盯上了,这可不是普通民用车辆,是运送日方要员和物资的车辆。杨葛亮把高云山安排到这列车上,很有可能是不怀好意的。

由于高云山的行程被安排得密不透风，一度被徐希贤看丢。当徐希贤得知他登上被新四军盯上的目标列车后，差点急死。

鲁川江等人接到的情报是，日方要员和重要物资要从眼前过，这可是沉重打击敌人气焰的机会。现在是鲁川江领队了，高云山因为违反纪律被清退出队伍，他思想上出了问题，气愤不过，自行了结了性命——这是队伍里都知晓的事。鲁川江很伤心，他不光要承受挚友离去之痛，还要面对今后的作战任务。他除了悲愤，还感到孤单，那个从大学时代就借钱给他的兄长走了，那个从入伍开始就关照他总是挡在他前面的兄长走了。他把悲愤和孤单，转化成了对敌人的怒意。

高云山去了哪里，这是秘密中的秘密，徐希贤把他带走了，高云山是死是活，鲁川江不敢问，也不该问。在纪律性和原则性上，这位被高云山爱称为"大傻"的同学，真是没的说。命运就是如此神奇，高云山此刻就在这列车上，鲁川江根据上级指示，准备要袭击列车。高云山要是知道了，一定拉着鲁川江的耳朵大喊："大傻啊大傻，你是不想随份子了，是吧？"

好在徐希贤狂奔疾走，终在最后一刻，及时制止了差一点发生的误伤事件。

而另一边，跟着要来刺杀叛徒的军统人员，被便衣的日宪——清理——他们把高云山当作诱饵——杨葛亮稍稍放了点风，"南京先生"已经得手，正在上海押往南京的路上。尾野知不知道杨葛亮的小手段、小伎俩？他肯定是知道的，要是没有尾野的允许，借他杨葛亮一百个胆子他也不敢。尾野只说了，别闹太大，留活的。

青田和高鹤松是搭乘飞机抵达南京的，比高云山提前两日。抵达当晚高鹤松就邀集了汪政权的要员们齐聚鹤庐饭店。当然，宾客里也有作为上宾的青田。情报从来没有不透风的墙，所以在当晚的饭局开席之前，高鹤松就已经知道杨葛亮要把"南京先生"从上海来南京的消息释放出去。高鹤松的应对方法是，向聚拢在鹤庐饭店的政要宣布他儿子即将回来，然后席间向青田求情，盛赞青田先生亲自出手征募犬子，使其迷途知返。这酒局上的话中有话，翻译过来就是：法子是你想出的，人是我和你青田先生一道去香港认的，现在人要回来了，能给咱们效力了，可是现在杨葛亮玩的这一手，有些过了。释放"南京先生"的行踪，那就是把靶子亮给了黑夜里那群军统杀手。

青田思忖再三，这杨葛亮很有可能把尾野的尺度放大，放任军统的人杀高二郎。尾野的意思应该只是拿高二郎当个诱饵，顺便测试一下他是真投诚，还是假投诚。若是军统方面知道他投诚而不来刺杀他，这分明就没有道理，难道他们不怕高二郎倾倒出更多的秘密来？特高课评估过，高二郎尚有很大的价值。特别是尾野收到的绝密情报反映，在南京可不光有一位"南京先生"，比高二郎埋得更深的、层级更高的，是一名代号叫"雨花石"的人。征募"南京先生",破获"雨花石",这才是尾野的目标。

青田吃着菜,喝着酒,拍着高鹤松瘦弱的肩膀,心中已经有了计较。人是我征募回来的,杨葛亮的小把戏,是拿着尾野的鸡毛当令箭,反正要测试军统的人杀不杀他,那最好就是弄假成真,一网打尽,到时候死个干净。

杨葛亮在墨绿色的台灯面前把计划想了一遍,他放的风,有的放矢,不愁军统的人不采取行动,特别是临了列车班次确定之后,他还故意放了军统的人上列车去。

青田搞不明白,杨葛亮为什么如此害怕高二郎投诚?不像是怕争宠。

他在怕什么?

他在怕什么?奇怪!

高鹤松借着酒局上的众多要员之势,恳请青田先生设法让高二郎能全须全尾地回南京!青田给他一计,让众多要员广为散布高二郎即将认祖归亲、投诚反正的消息。

次日,这消息果然惊动了汪伪政府和驻军司令部,尾野在面见宪兵司令部头目之后领受任务。他心知杨葛亮的花招,却不动声色,部署十三名单兵能力突出的宪特,以便衣身份上了列车,这其中还有他从关岛招来的一等一的杀手裴利。

在这趟押送"南京先生"的短途列车之上,各方势力风云汇聚,各种杀机此起彼伏,各种心机谋略层出不穷,高云山的命,已经颠簸几次了。

列车缓缓行驶,高云山和余昂对坐饮茶,心中暗暗好气,自己昔日尚是手执红旗的战士,今朝却被各路追杀,若是被军统这帮饭桶不明不白地杀掉,自己可能要背上叛徒的骂名。可是这列车之上,万般由不得自己,他盘算再三,若是刺客冲进来,他也不能与之对杀,毕竟现在是统一抗日,重庆阵营的人目前乃是友军。

他唯一所持有的乃是自己多年艰苦卓绝之训练、出生入死之实战,积累下来的敏捷身手,这身手虽然比不上那顾阿四师徒的飞檐走壁,却也自信能在列车上攀行自如。他打定主意,若发生紧急情况,自己拔出匕首,倒过柄来,将车窗敲碎,自己翻身而出,夺一生路,然后再行进至南京潜伏。不过这实在不是潜而伏之,动静也忒大了一些。

余昂额头微微冒汗,这趟差真是艰险重重,他悄悄观察高云山,对方一副生死等闲事儿的样子,不由得心生钦佩,这"南京先生"果然好气魄。

二人隔着包厢门能听见打斗和枪声。随着声响逐渐消失,局势似乎已定,一名手下敲门进来,浑身带血,在余昂耳边小声汇报情况。高云山微微一笑:"余先生,我是不是说了,我命硬。"

余昂点了一根烟,手微微有些抖,说道:"了不起的'南京

153

先生'。"

列车终于进站了,高鹤松已经候在车站,身后是青田带领的宪兵大队数列。

高云山记得当初离开南京时,他只有青春般的快乐,欲求知求真理,人生有着无限之可能,他风华正茂,天高海阔,同学少年,怀揣理想,胸藏热血,丈夫当立于天地之间。记得当初离开南京时,他别了老父和父老乡亲,似挣脱教条、震断束缚,要有非凡之事,要成非凡之志,二弟把所有的机会都给了自己,自己怎么能不珍惜?

蓦地!他浑身一颤,在车窗外看到了一个熟悉的人影,那人影似是北平校园所识,让他魂牵梦绕,成为他这些年深夜的力量。每当他想起她,就有无穷的勇气。在站台人群中的,是黎观云!

高云山只觉内心一阵狂跳,不敢相信自己的眼睛,他用力眨自己的眼睛。当他再度睁开,那人影已经消失在人群中,他不知道是不是错觉,亦不知道自己是该遗憾,还是失落。若那当真是黎观云,自己该如何与她相认?

今时不同往日,记得当初离开南京时,自己是青春作伴的高云山,此刻回到南京时,自己却是归正汉奸的高二郎。

在人群中看到黎观云和父亲的那一刹那,高云山心中突然涌起一阵悲戚,他对弟弟多年的忍辱负重和隐姓埋名,终于有了最真切的共鸣。

他耳边响起徐希贤书记教导他的话,你将从事这世间最伟大的事业。你的青春和热血,甚至你的名字,都将投入熔炉,你将背负一切委屈,甚至是世间最大的不理解,但你要坚信,你委身黑暗,为的是光明。

他强忍着一滴即将落下的泪,余昂看见了,问:"高先生,您很久没见过高老爷子了吧?"

高云山借故掩饰自己的情绪,道:"是的,我一想起父亲做的菜,就特别馋。"

余昂笑了,道:"您只要过了询问,就可以和高老爷子团聚,就可以每天吃到他的菜了。"

"到那个时候,我可以请余先生来鄙处。"

余昂道:"不敢,宪兵队刚刚把最顶尖的兵都派出来了,看来高先生的价值比我想象的还要重要。"

高云山微微笑道:"那不过是各种利益博弈的结果。"

余昂道:"真是谦逊而低调,高先生日后请不要忘记在下接引的功劳。"

高云山不说话了,他等着宪兵来通知他们下车。

站台上父亲高鹤松愈发苍老了,他瘦弱的肩膀扛起了太多事。

高云山从窗户里看了看熟悉的车站以及远处熟悉的城景。

南京,故乡! 是如此这般近,又是如此这般远!

二十一

高云山是被宪兵队的裘利保护着下的车,余昂和裘利完成了交接。

高云山下车时,被要求戴上了头罩,以免被车站上许多人看见,但是他心里知道,自己的父亲高鹤松此刻正在人群之中。

裘利颇为礼貌,扶着他的手,慢慢往站台上走。高云山感觉裘利的手像蛇一样冰冷。透过这种冰冷,他能感觉到巨大的杀伤力。都是战场上经历过生死的,到底对方有几斤几两,很快就能感觉得到。此人的单兵能力一流。在这样的对手面前,如果想逃脱,或者耍花样,他下一秒就能把蛇一样的芯子吐出,把带着毒液的牙咬进你的脖子。

高云山情不自禁地缩了一下脖子,他还是挺着腰,自己也是久经沙场的人,可不能被人看不起。他感觉自己挺直之后,比身旁的裘利高出一头。

慢慢走过站台,喧嚣的声音小了一些。高云山听见了汽车开门的声音,他抬腿就进了汽车后排,柔软的座椅让他有了一些放松。

"我可以摘头套了吗?"

南京先生

"可以。"

汽车开始缓缓开出，高云山看见前面还有一台黑色德式汽车，两辆车，一前一后，通过路前的检查站。检查站的宪兵看了一眼车牌，挥动旗帜，抬起了栏杆。高云山想，过了这道栏杆，他的战斗就真正开始了。

刚刚在车站看见的，是不是黎观云？她怎么会在南京？高云山心里突然泛起一个念头，希望车前的栏杆突然坠落，他仿佛听见警哨响起，一群宪兵或汪伪的特务冲出来，把自己的车围住，他不能向前了……他摇头，在想什么呢，自己可没有退路。如果被识破，将是灭顶之灾，也会影响组织的大计。

车辆缓缓行进，终于抵达南京颐和路 21 号，也就是 76号特工总部南京区大院，高云山被"请"进了二楼左侧的最后一间房间。两名记录官已经准备好了表格、墨水、笔、纸，他们开始进行登记。

高云山需要详细交代自己的履历，记录官详细问了他的政治立场，他按照徐希贤的交代，对他们做了最圆滑的回答。

登记程序走了很长时间，由于房间里没有钟表，高云山只能从窗外的阳光来判断，应该快到中午了。在登记程序之间，休息了两次，他提出想去小解，于是四名特务把他包围着，带到了盥洗室。

回来之后，记录官又把前面的问题重复了一遍，在南京的部分，在广州的部分，在香港的部分，在重庆的部分……

高云山又答了一遍，他显得有点愠怒："我刚刚已经说过了，为什么还要再说？"

记录官皮笑肉不笑："自主重复，是考验一个人是否说谎的简单方法。"

"如果是编的，多重复几次，终有破绽。"高云山喝了一口水，"可是，这些生平履历，就算编，也不会有疏漏，这是我实实在在经历过的事！"

记录官一展眉："高先生，以前也有过李代桃僵的事。"

高云山心里一紧，他此刻登记交代的，哪里是自己的生平，这分明是弟弟高二郎的生平。自己不也正是李代桃僵，这特务记录官也不知是不是含沙射影。

高云山面上镇定，又将各个细节说了一遍。

记录官伸了个懒腰："高先生，您刚刚说，您在南洋第一次失败的贸易品类是棉花，可是第二次复述时，说的是烟草。"

高云山纠正道："就是烟草，当时走了点私。还是违禁的，时间久了些。"

"这恐怕不是因为时间久了些。"记录官问。

高云山笑了，要了一根烟："小兄弟，你要知道，当时能在广州做这个买卖，是需要上面有点人的，难道要我全都说出来？"

记录官也笑了，摆摆手，他已经得到了答案。按照常理，经过了这么多年的事和人，若是人的记忆没有丝毫模糊，那一定是背的。

而这个模糊的差错，也是徐希贤和高云山准备好的。如果能全对上，那反而不正常。高云山知道，第一天的记录只是对个人的基本情况进行核实，而涉密比较深的事宜，诸如他在军统内的活动情况，诸如他手上掌握的特工情报等，会有专门的人来与他谈话。

"今天就到这儿，高先生可以先休息了，毕竟旅途劳顿，未来还请多关照。"记录官向他行礼。

"我今天可以离开这个地方吗？"高云山指了指这狭小的讯问室。

记录官起身，做了一个请的动作："可以。您身份特殊，在一些情况了解清楚之前，不宜在此久留。"

高云山在裘利的引导下，走出了 76 号南京区大楼，又上了车。

车慢慢开出，向城外孝陵方向行进。

在孝陵之侧，有一幽静独栋小院，前后左右皆有岗哨，有明暗，有分差，隐于山林之中。高云山识得这架势，这必然是特务机构在城外的一处临时密点。高云山被安排到小院的右侧寓所，天暗下来的时候，他才看清，这院里房间四五个，却只有他一间亮着灯。

他从裘利手中接过了洗漱用品、床铺被套，然后推开卧室门，一股扑面而来的霉味让他差点作呕。

高云山问："晚饭已经安排了吗？"

裘利声音依然很冷："您想吃什么，可以通知卫兵。"他指了指不远处巷道口的哨兵。

高云山问："吃什么都可以？我要一桌淮扬菜。"

裘利冷漠道："等高先生通过了审讯，再提这样个人的要求也不迟。"

晚餐时，哨兵送来一叠干面包、一杯咖啡、素菜和冷盘。高云山皱起了眉头，把咖啡退给了哨兵："我晚上睡不着！"他吩咐哨兵，希望明天能看到报纸，他有读报的习惯。哨兵说放心，在这个地方暂住的人，都是贵客。

高云山劳累了一路，已经身心疲惫，他在墨绿色的钢架床上铺上洁白的被褥，被褥上有皂粉残留的味道。第一夜他确实很难入睡。他想到了很多事，想到中国的未来，想到与黎观云的相见，想到和父亲的重逢，最后，这所有的情绪都像一条条细枝末节的溪流，汇入了他此时此刻的洪流汹涌之中。他对着洗漱镜，对自己说，我是高二郎，我是南京先生，一遍又一遍，在内心一次比一次大声，仿佛不这样做，就要迷失自我。

深夜里，他仿佛听见了钟山上的风声。这是他所爱的南京，而钟山是他内心一直崇仰的文脉之地，《文心雕龙》便由此发端。他本是文人学士，当此乱世，也只得与入侵的外族一战。在南京几千年的历史之上，这气节岂非常见得很？六朝江

南京先生

南的文士温婉,向来柔中带着刚。

南京的天亮得早,阳光从半开的窗户洒进来,晦明的夜终会过去,黎明的阳光依然普照山麓。高云山睁开眼睛,便看见一个瘦小的男子坐在椅子上,椅子是金丝楠木的,扶手处被磨出了包浆。

这椅子眼熟得很,如果没记错,这是从他老高家宅子里搬来的。看来是父亲的说客来了。

他想的一点也没错,来的正是献计为他父亲脱困的青田。青田,青田以智。他热慕中国文化,当他知道"青田"二字是刘伯温的别号时,便乐意让人称呼他为"青田先生"。

青田坐在椅子上,正对着高云山。椅子旁边有个小小的方几,方几上摆着三道淮扬菜系里的糕点。青田手上还拿着今天的报纸。

青田率先开口:"高二郎先生,今天由我来和你谈话。"

高云山问:"按照程序,似乎应该是76号的人来先谈。"

"我们的程序,就是程序。"别说什么法律程序了,连你们的法律和政府都是日本人给的,还讲什么程序?

"征募的法子是我提议的,我不能把第一天的谈话交给别人,我这样说,你能理解吗?"青田把报纸递给了他,"早上能喝咖啡吗?"

高云山说:"不加糖。"

二人移步到了前厅，餐桌上已经摆好了面包、牛奶、咖啡。

青田把拎过来的糕点摆上了餐桌，吩咐侍从把面包、牛奶撤走。"这是鹤庐的糕点。"

高云山心中一暖，心想这鬼子真会做人。

青田微微一笑，说道："是您父亲亲手做的。"

高云山看着糕点发呆，麻薯、鸭方、牛肉饺……他简直要流下口水来。

青田请他坐下，二人开始慢慢享用早点。"我对中国的饮食非常喜欢，咱们边吃边聊，可否？"

高云山道："可以。"

"放松的氛围下，会更有助于谈话的坦诚。"青田一挥手，记录官拿着录音机走了过来。

高云山道："专门去找我父亲做了早点，这样的氛围，实在不能不坦诚。"

"昨天的初登，您交代了自己的履历。"

"是的。"

"可是这些都不是最有价值的。"

"那什么是最有价值的呢？"

"您在南京蛰伏了多久？"青田问。

"昨天我交代过了。"高云山说，"难道您也要通过不断重复来印证？"

南京先生

青田笑了，说："昨天的笔录我看了，您没有说谎。我想问的是，您是什么时候撤离的？"

"当我们意识到张至成可能被盯上时，就准备撤离了。"高云山答。

青田心里默算了一下时间线，又问："您在南京蛰伏，手下有多少情工？"

"很多，我有一张情报网。"

"我先从最上边一层问。"青田皱起了眉，他觉得牛肉饺子有点烫，"在关键部门的有几个？"

"哪些是关键部门？"高云山明知故问，开始吃麻薯。

"经济委、政府上层、警务宪特部门，"青田喝了一口茶，"我知道这里面一定有你们的人。"

"青田先生也干过谍报工作？"

"干过，比您要早一点。"

"后来不干了？"

"不干了，后来去了正编军。"

高云山长长地伸了一个懒腰："谍报工作可不是请客吃饭这么简单啊。"

"它比任何战斗都残酷。"青田说。

高云山道："所以，您是厌战的？"

青田盯着他："高先生，我和您父亲是好友，不代表您可以不守规矩，现在，是我问您。"

高云山正坐："好。"

"那您接着说,在关键部门里,都有哪些人?这可是您的投名状。"

高云山看着桌上的菜,咖啡已经凉了,黑色的咖啡像是深渊,倒入咖啡的炼乳白得发亮,黑白之间交缠着、混沌着。他盯着那深渊,仿佛回到了徐希贤培训他的那间小屋。徐希贤和他正在对弈,黑子和白子,正如这杯咖啡般纠缠,你中有我,我中有你。徐希贤的话犹在耳边："要有弃子,弃子才能打开局面!"

高云山长吸一口气,用凝重的表情说出了几个名字："张至成、刘孔、袁静依、罗亮之……"

"张至成已经被干掉了。"青田露出一丝冷笑,"你们是怎么发展他们的?"

"您做过谍报工作,拉拢的手法,无非就是那几种。"

"都是人性啊。"

"人性的弱点,就是发展的抓手。"高云山迎合他。

青田示意身后的记录官把这一串名字都记下来,他叹口气："杨葛亮这自作聪明的家伙,居然说已经全盘清扫了您的网络。"

"不可能。"高云山面露得意,"您知道这些年我们一共输送了多少份情报?"

"多少?"

南京先生

"战略类29份。"

"甲种多少？"

"11份。"

"财经类呢？"

"33份。"

"甲种多少？"

"一半。"

"人事类呢？"

"76份。"

"行动类呢？"

…………

青田瞪大了眼睛，他回过头，一列记录官都张大了嘴巴。"看来汪政府真是千疮百孔啊。"他喝干了咖啡，又补了一句，"了不起的'南京先生'。"

高云山面露苦笑，心想这离把你们这群禽兽赶出中国还差得远！等着吧！

"继续交代人头吧。"

高云山说："我不能一次说太多。"这些人头，都是徐希贤筛选过的，几乎都是已经失控或者着手叛变的人，如果不借日本人的手除掉，将会对抗日统一战线造成损害，甚至转而捕杀共产党。

这类人头的甄选，是要有一定谋略智慧，既让敌人觉得有价值,能作为投名状交出去应敌,又不能伤害好人或者出卖同志。这类人头,高云山手上也并不多,他可不能一次倒个干干净净。

"为什么?"青田斜着眼。

"因为如果我一次说透了,我就没价值了。这个道理,岂非很清晰?"

青田仰头一笑:"当然!这个道理,比天底下任何道理都清晰。"

"我还想着能荣华富贵,和青田先生成为朋友呢!"这话说得再明白也没有,一点一点倒料,逐渐给青田立功加码,可别急在一时,把柴火都烧干。

青田笑道:"高二郎先生,您会比您父亲更强。"

高云山道:"早餐也吃罢了,我想消消食。"

青田说:"对,对,饭后百步走。"

高云山道:"可是这个房间太小了。"

青田道:"这个院子也太小了。"

高云山站起身来:"简直小得不能下足。"

"我们到院子里走走,我需要高先生把如何征募发展张至成等人的细节给我说一说。"

高云山道:"应该的,这有助于青田先生消化消化。"

二人在院子里边走边聊,聊如何发展汪伪政府里的人员。约莫到了午时,几名宪兵从院子外跑了进来,把一个打着

南京先生

密级的文件档案递给青田。

高云山知道,这是青田安排人同步在核实刚刚他交代的情况。

核对无误,什么时候初次见面,什么时候关键接头,什么时候传递情报,前因后果,后果前因,基本上能和作案时间匹配上。"南京先生"的价值确实很大,在他们内部发展了这么多人。

"如何?"高云山出声相询。

青田摸了摸胡子,半阖了眼:"看来要不了多久,高先生就可以回家吃淮扬菜大席了。"

二十二

过得几日,青田和高云山谈得更深,二人逐渐走出小院,往孝陵走去。青田感慨中国文化之精深雄伟,高云山问他何故。

青田说:"单看这孝陵,便藏有帝王气。"

高云山道:"外来人大约也想不到,这山麓竟然全是一个陵寝。"

"若非见过它的威严之势,怎么也想象不到。"

二人信步而走,身后跟着记录官和卫兵一名。当时,天朗气清，云流风走，草拂浪静。孝陵的巍巍之气，隔着几百年时空，如有万千业力，穿行而来，把这两人笼罩。

高云山抬起头，便见到下马石，黑色花岗岩打造而成的谒碑上已生满苔藓。青田不觉对此肃然，二人上前依稀辨识，那碑上写着"到此下马""不得喧哗"等文字。

在转弯后，文武立象和断岩残壁相继露现，更添孝陵的沧桑庄严。

青田无法想象，这明代的帝王是如何在死后也能留有这般威严的气象，这在岛国真是很难找到。

二人信步而走，便从这明代谈起。高云山早年熟读文史，后来淡忘了些，为应对青田这明代学狂，又在徐希贤指点下，将明史略论一一记入脑中。青田所问无非明代帝制、科考、文化等，渐渐话题便被引到了明晚期时的抗倭。

青田脸色变了一变，竟然叹起气来："这战争原来一直都有！军国主义根源何在？"

高云山问："青田先生，您并不热爱战争？"

"当然，任何战争都让人伤感。"

"岂止伤感，还满是伤痛。"

"幸好还有您父亲的厨艺，可以抚慰些许伤痛。"

高云山笑："我什么时候可以见我父亲？"

"您想什么时候？"

"越快越好。"

南京先生

青田道："高先生您在南京这么长时间，难道没见过您父亲？"

"是的。"

"根据调查，这些年，您多半时间在南京接收情报。"

"对，我也常回重庆。"

"您却一直没和父亲相见？"

"父亲已经成了宣抚代表，我怎能相见？难不成要父子刀兵相向？"高云山道。

"您父亲也不寻您？"青田问。

高云山道："我父亲寻我做甚，难道要我归正而来？"

青田不说话，他突然意识到，自己提出让父亲去征募儿子的这个法子，略显自作聪明了，父亲和儿子之间，无论怎么对立，还是有些宽容和默契的。

高云山看着他，说道："因为战争，父子不能相认。"

"是的，很多人，我们远赴重洋也是。"

"我在外漂泊时，无时无刻不想回到南京。"

"您一直在南京。"

"不，我是说，我要回到南京。"高云山道。

"您此刻就回到了南京。"青田展眉道。

高云山道："我说的是，我想以真的人、真的心回到南京。"

青田自然明白他说的是什么，他转头向记录官示意："这句不记录。"

他又对高云山说："高先生，时势并不因你我而转移，你既然已经有归正之举，就该好生协助你父亲，发扬大东亚共荣之事。"

高云山笑道："这个理想有些过高。"

"这个理想却并不远，在这里的人，都信。"

"如果都信，也就不会被我拉下水了。"

青田有点不高兴了，说："您说的那些线索，很重要。您拉他们下水的经验手法，也不怎么样。"

高云山道："谍报工作，无非就是那几项把戏。"

"高先生除了在南京，还在重庆待过，那么请问高先生，您对重庆方面怎么看？"

"哪方面？"

"您和我本属同行，自然是问同行的事。"

"蒋先生的麾下，确实不如贵方。"

"您说的是 76 号，还是警署？抑或特高课？"

"不是，是贵国，贵国将情报工作预置在一切战略之前，实让人细思恐极。"

青田忽道："我倒很想打听当年的'黄浚案'，您在前些天的询问记录里，也提到了。"

"对，我经手过该案卷宗。黄浚是贵国在国民政府里拉出发展的高级要员，官至行政院外事机要秘书。"

"此人为我方输送重要情报众多，当年你们是如何破获此案的？"

高云山道："淞沪会战。"

青田奇道："和会战有什么关系？"

高云山道："七七事变后，蒋先生意想在江阴拉出封锁线，在上海开辟对日第二战场，方案为闭塞吴淞口。时任海军总司令陈绍宽随即指挥舰队在江阴拉出封锁线，以拱卫南京，并将长江中上游的日本商船舰围歼。"

青田道："江阴封锁线至关重要。"

高云山道："是的，可是这一机密的方案却失败了。"

青田面露得意之色："就在封锁线战舰集结之前，我大日本船舰突然集中起来，携带大量日侨商旅，开赴下江，而执行封锁命令的海军对手却并没有接到战斗的指令，最终让江阴封锁线这一计划彻底破产。"

高云山叹气道："江阴封锁线之失败，让蒋先生震怒，如此机密之事，竟可泄露。"

"于是你们便盯上了黄浚？"

"不然。"高云山摇头。

"黄浚埋得极深，在行政院内如鱼得水，又有广泛的社会圈子，和各国友人往来都属寻常……江阴封锁线案，知悉面大，想来还不至于立刻怀疑到他身上。"

高云山道："青田先生也是谍报好手。"

"我不过是在特高课受过几天训而已。"青田道。

高云山道："真正让黄浚暴露的,是蒋先生巡视淞沪前线遇袭。若非当时更换了车辆,恐怕你们计谋已经得逞。"

青田道："这两件事,都激进了些。"

"你们似乎也没有把黄浚的生死当成要紧事。"

青田道："谍报工作可不是请客吃淮扬菜啊。他价值已经用得差不多,就可以燃尽了。"

高云山道："黄浚浮出后,军统侦办了一段时间,发现他与日本一女子过从甚密,这女子背后便是日方特高课情工。黄浚有戏剧之好,与梅兰芳先生也有交情,他时常出入演出场合,进包厢后脱帽脱衣,静待好戏。他将情报置于帽中,挂在衣帽架上,便有人来取情报。"

青田叹气道："不得不说,黄浚是我方征募成功的杰作,而查处黄浚,亦是您方调查之杰作。"

高云山亦叹气道："单此一观'黄浚案',便知日方对情报工作之重视。"

青田道："因此我也敬重同行,不论是否敌对。"

高云山一字字道："成王败寇。"

青田看着他："绅士规则!"

高云山道："青田先生今日忽言其他,是否我之前的线索已经核准?"

青田背着手,又走了几步,他忽回头道："好你个'南京先

南京先生

生'，你交给我的，无非杨修之鸡肋！"

高云山镇定道："鸡肋？"

"食之无味，弃之可惜。"

"那青田先生还想谈什么？"

"谈谈关键的人。"青田看着他，目光瞬也不瞬，"你可知道，76 号杨葛亮他们这几天已经急了。"

"急什么？"

"急着要把你接手过去。"

高云山微微一笑道："他们急着要在列车上干掉我才是。"

"杨葛亮的小动作，我们是知道的。"

"可是他的动机，您知道吗？"

青田转而言他，道："在关键部位一旦有了自己的人，会发生什么作用，我们都很清楚。自古谍报者，可谓国士。"

高云山道："他是不是怕我抢了风头？"

"他是最早归正的一批人。"

"归正的人，是不是都经过严格审查？"高云山问。

青田道："这个有很严格程序吧？"

"有多严格？"

"至少比高先生您现在严格得多。"

高云山笑道："青田先生，杨葛亮也是重庆方面过来的。"

青田道："他这些年很活跃，足够特高课信赖。"

173

"您养过狗吗？"

"养过。"青田在日本的时候，养过一只博美犬。

"那您养过烈犬吗？"

"没有。"

"有时候烈犬太激进，会咬伤主人。"

青田沉吟半晌，看着高云山："高先生，他从重庆过来，难道还有回头路？"

"他为什么要回头？他要干掉我，是在怕什么？"

青田不说话了。高云山也不说话了，有些事让青田在脑子里转一会儿。

青田看着孝陵石碑，形势似乎正在发生一些变化。

高云山察言观色，补了一句："李士群这样的人，已经坐大得让你们不安了吧。"

赫赫有名的特务头子李士群逐渐坐大成势，离他主子卸磨杀驴已经不远了。

青田阴着脸："不谈别人了，黄浚也罢，杨葛亮也罢。说罢了你拉出征募的人，现在说说你们打入的人吧。"

"打入的人？"

青田道："对，打入和拉出一样重要，甚至在某些情况下，打入比拉出更有威力。并且，不能再拿鸡肋敷衍我，你会因此而失去我的信任和好感，也会给你父亲惹祸上身。"

高云山问："您想问什么？"

青田摸着石碑,拍下了些尘土,他盯着高云山,眼神变得阴冷,高云山背心一凉,只听青田问道:"情报显示,重庆方面有人打入关键位置,代号'雨花石'。你作为南京地区的情报枢纽,不会不知!"

"我不知道。"

"是否借口?"

"'雨花石'身份比我密级更高。"

"撒谎!"刀光一闪。

青田拔出佩刀,架在了高云山脖子上。

二十三

面对青田的问题,高云山的反应彻底把自己出卖了,他交上的投名状,可不是鸡肋,个个都能让日方和汪伪忙上好一阵。

可是青田提到"雨花石"的时候,高云山明显应答有点错乱,态度明显有点紧张。

那些小虾米是可以卖的,有些大鳄却卖不得,一旦卖了,自己也就没有回头路了。

归正过来的人,在最开始的时候,都多少还有一些试探和侥幸,甚至说是有些观望的心态,就像是一个人钻进了狗洞里，努力往前钻一钻，发现钻不动或者没出路，总想着是不是能向后退一退。青田和尾野见多了这种心态。于是青田几天都没来见他。

高云山关在小院里，只得耐心地等。他每天第一个见到的人是看守他的士兵，他试着和对方攀谈，可是对方没有理他，但是对于他想要读各种报纸的要求，士兵却向上头转达得清楚。

送来的报纸都不是他选择的报纸。

他想看《文汇》《申报》《新中报》，可是送来的，却只有别的其他报纸。不用说，这些自然也是青田他们吩咐做的。用订阅报纸的方式来传递信息、接受指令，这在谍报工作中，司空见惯。或许一份当日的《申报》到手，他高云山就能从报上读出密码信息来。

在报纸上传递指令，先得约定好位置，比如每日的哪个版面的第几篇第几段第几行，跳跃着的字符从报纸上飞起，组成一个简单的指令。不知道事先约定读取方式的人，就算拿着报纸，也不能看出端倪。这也是让隔绝的人，与外界保持信息同步，知晓外界局势的一个方法。

不消说尾野、杨葛亮这般的老手了，就是青田也能想出破解法来。换！凡是他要看的，都换掉。

这更让青田与尾野觉得，这"南京先生"是有秘密的。

高云山百无聊赖地翻着送来的无聊报纸，无聊地想着无聊的人和事,像是对目前的处境毫不担心,连看守他的士兵都觉得此人是个人物,如此镇定自若。

直到他翻到今天的一则重大启事——"南京先生"被通缉了,不应该叫通缉,应该叫被悬赏锄奸。报纸上的启事,是揭露高二郎作为政府官员,投向了伪政府和日方。文中言辞凿凿,对其知之甚详,于何时向日方乞怜媚见,于何时何地完成投敌接引,于何时何种交通工具回到南京……文末启示号召男女老少共击之!

高云山头皮都麻了,一时间他不知道该如何评估当前形势。

吱的一声,门被推开了,青田站在门口,手里握着今天的报纸,报纸被卷成一个卷,在手中轻轻拍打,像是一根铁棍,就要打击到高云山头上。

高云山问:"青田先生今日有何指教?"

"高先生您看了今天的报纸吗?"

"看了。"

"您现在是没有退路了。"

高云山道:"我现在岂止没有退路,我现在连名节也没有了。"

青田笑道:"名节是胜利者书写的。"

高云山侧着头,问:"这是你们干的?"

青田道:"这个重要吗?"

"对于变节者来说，什么才重要呢？"

"如果我能做主，我肯定还希望，能把你再扔回重庆阵营或者延安阵营去，间与反间，再反间。"青田摸着胡子。

高云山听到"延安阵营"，心里不自觉跳了一下。

"现在这个启事一登报，这条路也断了。"高云山说。

青田道："或许是军统那边已经把你调查清楚了。"

"我们见面和返回南京，不都是保密的吗？我老东家怎么会知道？"

青田道："你登上津浦列车的事，杨葛亮都能给你放出风去，这有什么难的。"

"这么做的目的是什么，测试我，还是断我后路？"高云山心中想，这是徐希贤书记设法给他造势。

"您既然决定接受您父亲的征募，就不应该想着后路这种事。"青田看着他，目光中闪过一丝狡黠。

高云山重重地把报纸扔到地上："我最恨这种小伎俩！这是流氓，这是无耻！"

"这则消息为什么一定是我们放给军统的？你归正的事会不会是'有人'传递出去的？这人是谁，'雨花石'？"青田看着气急败坏的高云山，有一种猫戏弄老鼠的快意。

高云山大口喘气，指着青田："有种就杀了我！大费周章，一个关于'雨花石'的信息都得不到！"

青田把手上的报纸打开，指着这则启事，道："军统方面

　　　　　　　　　南京先生

要追杀你了，你没得选。我们不必杀你，我只要打开门，把你放出去，你将死无葬身之地。"

高云山一拍床沿，重重一声响，他长身而立，盯着青田，气愤肃杀得无以复加。青田却也不惧，他上前一步，和高云山对视，气场也骤然拔高，像要把高云山碾压成尘土："你是刀尖跳舞跳习惯了，生死无谓。但是，多少得替你父亲着想！如果不是我和他撑在这儿，你已经早就进76号上刑了！"

提到父亲，高云山的气势弱了几分。他心中浮现老父亲在站台上的佝偻身影。高鹤松年轻时兢兢业业，撑起了整个家族，高云山一直把父亲当作心目中的英雄。在南京国难之后，父亲重开鹤庐饭馆，表面上迎合着日本人的宣抚，但在高云山看来，父亲一定有自己的用意和苦衷。

高二郎当时就在南京，他和父亲不能相见。

高云山在城外新四军内，他和父亲也不能相见。

这可谓真让人唏嘘。父亲已经老了，他的一手厨艺谁来继承，他倒是有个徒弟付世龙，这小子听说还很机灵，也很忠诚，能把父亲托付给他照顾……可是，有什么人能替代血浓于水的膝下承欢？高云山突然想到，父亲看到这则启事会是什么想法，哦对了，父亲知道不知道我是在顶替二弟？隔着站台和列车车窗，他看见我了吗？二弟已经走了，他若是知道了，必然伤心欲绝。

青田说的有几分道理的，自己现在是二弟的身份，二弟投身谍报工作,在刀尖上跳舞惯了,自己在战场上也早就把生死置之度外,可是父亲呢?难道要让这含辛茹苦把儿子拉扯大的老父亲,连续承受两次丧子之痛。

日本人现在没动高鹤松,那是他还有用。如果高云山不配合,高鹤松会不会受到威胁?

高云山脸上红一阵,白一阵,双目失神地看着墙面。青田拍着高云山的肩膀:"告诉我——关于'雨花石'的事。"

高云山彻底被他拍肩膀拍下去了,他重重地坐在床沿,整个人都泄了气。

高云山气愤难平,怒极骂了一句:"狗娘养的。"

这反应太真实了,一点儿虚假的成分都没有,青田满意极了,他弯腰,凑近说:"高先生,可以说了吗?"

高云山恨恨道:"说,我说!"

记录官跑了进来,魔鬼的交易开始了。

"'雨花石'我没见过……"

"连你也没见过?"

"我主要工作是拉出征募,而打入的关键人员,我没有接手,而且,有些人员是在我从南洋回来之前,就已经派遣打入南京了。"高云山道。

"在你从南洋回重庆之前?"

"不,是回国。"

"那也就是说有这么一批人,在你来南京之前,就已经由重庆方面直接领导,并派遣到了南京。"青田说道。

高云山道:"是的,他们比我先进南京。"

"'雨花石'就是其中之一。"

"是的。"

"派遣进南京,会有些什么方式?"

高云山指着自己:"比如像我这样,归正。"

青田皱起了眉:"当时归正的人很多,许多都是从重庆过来的。"

"是。当时日占南京后,限制过一段时间本土特务机构的发展,怕不好控制,后来因为重庆方面、延安方面在南京开展的各类地下抗日活动,加之百姓明里暗里抵制日占政府,日占政府不得不又逐渐启动了华人特务机构,以特制特。"

青田道:"凡事都有利弊的两面,猎犬养得大了,又该杀几头立立威了。嗯,您接着说。"

"组建汪伪政府特务机关,是一个渗透打入的好机会,这个时候的南京阵营基本是开放状态,极度欢迎从重庆阵营过来,特别是军统、中统,这些从事过特务工作的人。这些人熟悉情况,又能带来有价值的情报。"

青田道:"'雨花石'就是在这个时候渗透进来的?"

"如果我没猜错。"

"应该是。"

"这人这些年在南京帮他们办了很多事。"高云山说道。

青田注意到,他描述老东家时,已经使用了"他们"作为称谓。高云山接着道:"有些情报,根本不是随随便便拉出一个、征募一个爱财爱色分子,就能搞定的。"

青田认可他这句话:"真正能成为谍报高手的人,一定是有坚定意志的人。"

"也一定善于伪装。"

"连你都不知道'雨花石'的底,说明此人很重要。"青田说。

高云山道:"是的,我不清楚。他和重庆方面单线联系,有着极其保密的直通渠道。"

"以上都是你的推测?"

"不,提前打入南京阵营的那批人很多,可是很多都被清洗掉了。"高云山缓缓说道,他语气平静,不让青田看出他是喜是悲,他接着说,"'雨花石'作为派遣打入为数不多存活下来的棋子,他的通联渠道,怎么会让我一个后来之辈染指?"

青田点头附议:"高先生您说得不无道理。"

"但是可以肯定的是,'雨花石'在保护我们组织,以及获取重要情报上,发挥了巨大作用。"

青田道:"是的。我们研判也是这样。"

"要知道,尾野先生现在需要找到'雨花石',宪兵司令部司令貌似对南京地面的特务机构有些不满,76号和首都警署那帮傻蛋,一直在拖特高课后腿。"

"高先生对南京的形势很清楚。"

"可是我对'雨花石'的情况并不熟悉。"

青田看着他："请您一定想想，有什么线索，是能用上的？你和他共同在南京地下共事，不会一点影子都没有。"

高云山沉吟半晌，道："我给他打过经费。"

青田眉毛一跳："什么时候？什么方式？"

高云山道："按照规矩，'雨花石'的经费是有专门保障渠道的。"

"那一定是发生了什么特殊情况？"

高云山道："是的，去年四月开始，他的专门经费渠道被破获了，两名助手被抓获，不过没有吐露出他来。而那个时候，需要一笔经费，去完成一项重要工作，具体详情我不得而知，我知道那是很大一笔钱。"

"于是就由你来重新建立了临时经费渠道？"

"是，我作为临时渠道，向他递补过钱。"

"多少钱？递补了多少次？"

"五千，哦，是美元。后来又递补了一次。"

"第二次是什么时候？"

"大约七月的时候。"

青田摸着胡子："你是怎么递补经费的？"

"我会让人化个名，然后去异地，比如上海，或者宁波，找一家银行，购买一个保险箱……"

"现金？"

"对,放现金。"

"高先生,你一共递补过几次经费？"

"五次,我想想,不,四次。有一次经费被退了回来,异地的那家银行通知我派去的人,说是保险柜业务取消。"

"'雨花石'不会自己去取钱的,对不对？"青田道。

高云山道:"是的,他怎么可能自己去。用临时渠道来递补经费,有严格的保密程序。"

青田道:"据我所知,保险柜业务,需要寄存方签字签章,而领取方也要。"

"是的,青田先生,您说得很对,这业务必须双方签字签章。"

"那么说你们双方都会用化名,用假签章。"

"对,我们有专门的伪装部门,设计一套可以掩护身份的法子。证件、签章、口音、名字……会很细致。"

青田道:"你是直接接到重庆方面的命令这么做,是吗？"

"是的,'雨花石'也是,这样就避免了我们横向联系。我的任务是领受一套假身份,给下边的人,派他按时把经费存进去。"

青田说:"'雨花石'也是一样。"

高云山道:"保险柜业务完成后,银行会给我的人打电话,我会向重庆方面的上级复命。"

南京先生

"高二郎先生,您真是一个冷静又富有执行力的人。"

"再后来,重庆上级就不再要求我去递补经费了。"

青田道:"他的专有渠道,看来又建立起来了。"

高云山皱眉:"什么事这么紧急,需要让我来临时递补经费?这样风险很大。"

"我们会去核实您说的时间和几家异地银行,并且逐一对照那个时间前后,是否有些可疑的迹象。"

"你们凭这些就能锁定嫌疑人吗?"

"不能。"青田说得很直接。

"那我就已经没有更多能帮助你的了。"

"这是你掌握关于'雨花石'的一切,对吗?"

"是的。"

"你去保险柜办事的手下,都有谁?"

"我前几天就已经交代过了!你去翻笔录!"

"我来之前,就找他们核对过了,他们确实领受过去异地银行存钱的业务。"

高云山道:"怎么样,我所言无虚吧?"

青田叹口气,道:"看来这位'雨花石'先生,花销很大啊。"

"要维持一些重要的关系吧。"高云山推测。

"这人一定是汪政府里的红人。"

"红人可能会太打眼,他不会把自己推到一个很高的位置,但他一定是在一个非常重要的位置。"

青田道:"他或许贴靠着什么关键的人,获取了信任……这让我想起中共当年在国民党特工队伍里打入的人,在上海发挥了堡垒作用。"

高云山道:"您是说'雨花石'可能是贴靠着某个关键的特工头目?"

青田问:"您知道最得势的是谁吗?"

高云山摇头:"不知道。"

青田哼哼笑了两声。

"您已经有怀疑对象了?"

"对。"

"我什么时候可以回去见我父亲?"

"把您的那五次转款,包括被退的那一次,都详细写给我。"

高云山又重复了一遍:"我什么时候可以回去见我父亲?"

青田又拍了拍他肩膀:"等我核证好这几家银行的情况属实。"

"那就请青田先生动作稍微快一点,我简直不能忍受这里的饮食。"

"这里的面包和咖啡还不错。"

"和家父的淮扬菜比较起来,您觉得呢?"

"那真是有若云泥。"

"只是青田先生还不知道,家父的院子里,窖藏了几箱好酒,如果青田先生能饮几杯的话,在下还能和青田先生对一对边塞骈句,劝君更尽一杯酒,何其快意……"

青田沉吟道:"劝君更尽一杯酒,西出阳关无故人。"

高云山一字字道:"可怜无定河边骨,犹是春闺梦里人!"

青田道:"比起这首,我更喜欢诗圣的《垂老别》。中国人的边塞诗文里,真是充满着灵魂。"

高云山叹气道:"中国人的边塞诗文最大的灵魂,乃是反战!"

青田不说话了,今天的谈话应该随着夕阳结束了。钟山的夜风骤起,屋檐的吊灯摇晃,孤零零的光晃动着,无情的手臂摩挲着小院里的寂寞,高墙隔开了南京城里的人间烟火,却隔不开思绪的流淌。

青田仰慕中国文化,最喜边塞诗文,此乃徐希贤早就为高云山设计好的剧本。"边塞诗文最大的灵魂,乃是反战!"高云山这句话打中了青田,他内心深处,一直抗拒战争!他反复念了两遍高云山这句话,内心顿时愁绪翻涌,看来又要去高鹤松家里吃菜喝酒了,否则这难以扑灭的乡愁真是不好对付。

青田离开了,从小院走出去的时候,他回头看了一眼灯火阑珊处的高云山,心想:这下子连给"雨花石"递补经费都交代了,可算没有退路,高鹤松也不用愁了,父子终于可以统一政见，自己实乃做了一件大好事。

高云山面色清冷，轮廓如石像坚毅，他目送青田离去后，才坐了下来。他手边放着今天的报纸，报纸上大版面的启事，呼吁男女老少对高逆父子共击之，他不免一笑，这徐希贤书记造得好大势，自己差点就以为自己被全世界抛弃了。

被抛弃该怎么演？这是一个非常具有表演层次的问题。

惊惧混杂悲愤，还要带着一两分对启事真实性的质疑，向对方倒打一耙。

当然，还要有把水搅浑的情绪，抵抗一下也就算了，最终还要有被抛弃后的崩溃！这种崩溃要抑制一点，不能太散，太散了会让对手觉得假，也不能太收敛，骂一句狗娘养的就恰到好处。

崩溃完了，该让无奈的情绪出来些，自己把气势泄下去，退是没退路了，长叹一声，只能苟且偷生，这样交代出的事，才能让对方相信！高云山叹口气，乖乖，这段剧本里可没写，全他妈的靠自己即兴表演！

二十四

高鹤松很快就能见到儿子了。他那天去车站，也不过就是想看他一眼。人潮涌动，蒸汽浮沉，他视力不好，就看见了

南京先生

车窗上的轮廓。

从高云山下火车，带到76号南京区登记，然后青田奉命带他到孝陵附近的密点，再到后来他又被交回到76号南京区手里，足足过了一个月。

这一个月，高鹤松无时无刻不在担忧，他怕有一天打开门，就看见浑身是血的一条躯干横躺在家门口。这一个月，他使了很多法子，这些法子里最有效的还是票子。

别动手，别打，别用刑……他求遍了所有日常里交往的政要，尾野和青田都有点被他感动了。

当然，让尾野和青田感动的，不光是高鹤松的救子之情，还有高云山的配合程度。高云山交出的投名状很有用，对"雨花石"的调查已经在有力地推进。

高云山被交到76号南京区手里的时候，杨葛亮基本上没有太多新的信息能获取，他本能地意识到这家伙如果归正，借着高鹤松的关系，将很快成为自己的对手。

但是按照程序，他交出了让特高课认可的线索，这已经是具有归正的诚意了，杨葛亮没有理由把他踢走，反正无非求富贵，试试能不能把高云山拉进自己的阵营。他先是客客气气去接高云山，然后安顿高云山进了76号南京区大院的住宿楼，归正询问还得走一走程序。

高云山从车上下来，脚尖刚刚点到76号南京区的地面，翻脸就点燃了嘴仗。徐希贤书记说了，见了杨葛亮，一定要狠一点,高二郎再斯文也是个爷们儿,从他种种生平来看,是有血性的。杨葛亮破获并杀掉了好几个你发展的人,这些人都曾拎着脑袋跟你干,你要是一点脾气都没有,这才反常得很了。

高云山指桑骂槐把杨葛亮好一通追打,杨葛亮先也不生气,笑他:"装什么鸡毛装,归正过来的人,最好乖乖听话当狗,否则'76号'里容不得你。"

高云山却一句话把他抵死:"谁先从重庆背叛过来?怎么,杀多了自己过去的同志,就以为自己真的是狗?"

二人互相揭了一阵伤疤,杨葛亮差点拔枪就要打他。好在左右拉住了他,尾野先生专门交代了,不准用刑!

杨葛亮在讯问时,刁难了他几天,也上了一些刑,高云山只是瞪着他,重复说着老子要你好看!杨葛亮说:"得,还是个硬骨头,加点力气,往死里打!去隔壁借对付共党的刑具来!"

高云山被打得浑身是血,还是瞪着他:"杨葛亮你给老子想清楚了,想明白了,老子是归正来的,老子不是你抓获来的,归正来的军统要员你要敢打死,我看谁还敢来归正?你看你主子马啸天饶不饶你,你看特高课饶不饶你?"

杨葛亮折腾了几天,气也出了,道理也想明白了,没必要弄死他,死了得要惹不小的麻烦。

高云山养了几天伤,青田和尾野没有过问,他们在忙着调查异地银行的线索,也就是"雨花石"经费的线索。宪兵司令部司令亲自过问了这个事:"尾野荒村,你到底能不能办?"

　　　　　　　　　　　　　南京先生

尾野在电话那头立正,挺直了腰板,一个劲儿地嗨嗨、嘿嘿!

这应该是尾野能再上一个台阶的大功劳,他基本把所有精力都堆到了这上面。

高鹤松找过他,希望他能保证高云山不受刑。尾野只是应诺,背地里却丝毫没有要照办的意思。杨葛亮是个什么品性,他能不知道?这人嗜血,凶残,和"南京先生"斗了那么久,眼皮底下出去这么多情报,他不动刑来出气才怪。

尾野和青田去了一趟杭州,这是高云山抄给他们的最后一个银行地址。临走前青田警告了杨葛亮,说是尾野的意思,不要弄太过分了,如果高云山归正交代的线索帮尾野立了大功,以后少不得要提携高云山,你不惜多立一个敌人,莫非是有何心虚之处?他话里有话,重重敲打了杨葛亮,这杨葛亮也是多智之人,这般警告分量颇重,敢情自己要是弄死了高云山,难道还要变成是为了灭口?

杨葛亮这狗腿也不是省油的灯,他请青田借一步说话,把一个档案袋递到青田手中。青田稍稍翻看,便已是面色惊疑不定,这份档案袋中所记录的乃是杨葛亮这些日子穷尽一切手段得来的情报。青田琢磨半晌,将档案袋退回给杨葛亮,问:"葛亮君,这是真是假?"

杨葛亮笑着说:"目前真假难辨。"

青田问:"那既然难辨,我该如何向尾野先生吐露?"

杨葛亮说:"我自有辨别真假的法子,但这事全听青田先生一句话。"

青田笑了："征募'南京先生'是我提出的，去香港验人的也是我，你是想让我来担责？"

"我这个法子，绝对无人担责，也绝对有效！"杨葛亮眼珠滚动，"只要青田先生授权我试他一试，就一定能辨出真假来！"

他凑上前去，耳语两句，青田闭上眼睛，当他睁开眼时，那种像毒蛇一样的狡黠便浮了上来，他说了一个字："试！"

高云山养了几天伤，终于能站立起来了。杨葛亮忙着剿共，没工夫再耗他身上，索性终结了讯问和调查，向上头申请，给高云山安置一个培训课长的岗位。为什么是培训课长？因为高云山长期在南京从事谍报工作，他有经验、有能力，可以为我们培养更多的有志青年，编写一点教材，带带培训课，能推多远推多远，眼不见心不烦。

于是人事处来人询问高云山，是否愿意去当培训讲师，这可是一份清闲的肥差，到时候您门下子弟无数，遍布要位，您以师徒之情，可飞黄腾达。高云山冷笑，连猪都能看出来，这是杨葛亮在耍花招。

徐希贤书记说过，打入工作，长期打算，不争一时之先手，先走完归正程序，应付完杨葛亮再说。

于是高云山同意了，签署完手续，他将获得一个假期，假期整备后，他就可以去新的岗位了。杨葛亮笑着说："好了，又共事了,过去的事,大家不必计较。"说完他伸出手,要和高云山握手。

高云山握住了他的手,像是摸在一条蛇的躯干之上,湿漉漉又冷冰冰,没有人的温度,他觉得阵阵恶心,脸上却勉力赔笑:"为什么要和杨长官计较,以后还请杨长官多关照。"

杨葛亮笑得很险恶,连说:"不敢当啊不敢当,关照可不敢当,以后还望高先生多在特高课面前美言几句。"

高云山问:"那我可以离开了吗?"

杨葛亮似有深意地一笑:"还差最后一个程序。"

高云山问:"什么意思?"

杨葛亮携了他的手,说:"归正来的人,都要经过这个程序的,一会儿要请高先生好生观赏。"他说得阴阳怪气,高云山暗骂这杀千刀的王八蛋,看你还能闹腾多久!

高云山走过一条阴暗的走廊,走廊向下又走了几级台阶,杨葛亮脚步轻快,领着他向前走,不知道什么时候裴利已经跟在了高云山的背后。高云山只觉背后一冷,阵阵寒气透心而来,像是被猎物盯住了后背,随时可能会被捕杀。

眼前一个铁门打开,一股血腥味儿透了出来,像是荒坟地里尸骸堆积,又带着腐烂的烟气弥漫了整个过道。

这是杨葛亮他们的刑讯室。

杨葛亮笑道:"高先生,最后一道程序,是看看如何审共党。"他指着一个用绿色厚毡布遮挡的隔间,铁栏背后听得见喘息的声音,那声音已经气若游丝,毡布脚渗出了血迹。

高云山强自镇定,道:"我也是杀过人的,这种场面见多了。"

"是是,您刚刚握住我的手,我已经感觉到了,您长期拿过枪。"

"难道杨先生在老东家那里没拿过枪?"

"当然不是老东家那种武器配置,我感觉您长期拿过步枪。"

"对,我参加过单兵训练。"高云山道。

裘利不由得侧了侧身,把高云山盯得更紧。

杨葛亮道:"高先生,我有一个疑问。"

"请讲。"

"从事谍报工作,拿枪的时候,并不多。"

"您想说什么?"

"高先生,您应该有一个哥哥,叫高云山,是北平的大学生,后来加入了新四军……"

高云山默然道:"你一定已经调查过,我兄长已经死了。"

杨葛亮盯着他,一字字道:"死的是高云山,还是高二郎?"

高云山冷笑道:"调查了这么多天,怎么还说出这样幼稚的话?"

杨葛亮道:"所以我希望能打消这个怀疑。"

"青田先生不是在香港就验过人了吗?"

南京先生

"不，青田先生授权我可以再验一次。"

高云山背心有点冷，他缓缓道："真的假不了，假的真不了。"

杨葛亮冷笑一声，一把拉开那厚重的绿色毡布，铁栏背后一个吊着的人影出现在高云山面前。

高云山只觉一股怒意从头顶直接灌到了脚底，他看到人生中最可怕的一幕，他感觉到自己浑身都在抖，他恨不得转头扑过去，一口咬断杨葛亮的脖子，生喝他的血！

杨葛亮施施然道："这是共党，她也曾是北平大学生，现在在南京搞地下工作，我费了很大的劲才抓获她。她很漂亮，也很顽强，她已经坚持了两天了，今天是最后一天……"

杨葛亮说的每一个字，高云山都没有听进去，他感觉自己全身的血管都要爆炸了。

吊着的年轻少女，正是高云山魂牵梦萦的黎观云。

她浑身都是血，裙子和外衣被扔到湿漉漉的地上，染满了血，雪白的贴身衣服没有一处完好的地方，胸口被烫得皮开肉绽。

杨葛亮和裘利饶有趣味地盯着高云山，欣赏他的反应。裘利做出一个警戒的动作，他的任务就是防止高云山出现异常举动。

"高先生，这便是最后一道程序，观赏审讯共党。"

高云山直勾勾地看着黎观云，他感到自己心在淌血，好痛啊！

黎观云忽然动了一下，她披散的头发挡住了半边脸，她眼睛里已经没有神采，她已经说不出话来，但她还是在众人中看到了高云山。

杨葛亮走上前，问审讯她的手下："体感如何？"

两名手下淫荡地笑着："很棒。"

高云山用力控制着自己快要炸裂的情绪，青田这头禽兽！杨葛亮这头禽兽！

黎观云像是要说话，她刚刚开口，杨葛亮便凑了过去："黎女士，您认识这位吗？"黎观云目光空洞，没有反应。

"这是我们刚刚归正的大人物！今天他亲自来视察审讯你。"

黎观云浑身都在抖，她眼神里充满了失望和愤怒。

高云山心都碎了，他该怎么给黎观云解释这一切！他根本无法和黎观云相认！

"高先生，你是高二郎吗？"

"我是。"高云山嘴唇打了个颤。

杨葛亮让人鞭打黎观云，又问："高先生，你是高二郎吗？"

高云山道："我是。"

黎观云看着高云山，敌人用带铁钉的棍棒打她，她看着高云山；敌人用烙铁烫她，她看着高云山；敌人侮辱她、糟蹋她,她依然看着高云山。

高云山彻底变成了一尊石像,他站在那里,眼睛是空洞的,他就这样熬过了整整一个钟头。杨葛亮问了四五遍:"高先生,你是高二郎吗?"

"我是!我是!"

"以后请您和我一样,也这样对待共产党。"杨葛亮笑了,验过了,这不是高云山,真正的高云山在北平大学时期,是有一个相恋对象的。

"我可以走了吗?"高云山说,"我父亲今天等我回家吃饭。"

杨葛亮让人做了一个停手的动作,黎观云被放了下来。她躺在血泊中,抽动着。

"这丫头真强啊,上下级一个都没吐口。"手下说。

"共产党多数都这样。"另一人说。

"可惜了,这么舒服的身子……"话音未落,杨葛亮已经一个耳光扇了过去,那人被打得趴在地上找牙。

杨葛亮堆着笑:"高先生,我们一般不凌辱女士,这俩孙子犯规了。"

高云山面无表情,冷冷道:"真是无聊透顶。"

"您可以走了,您父亲想必等得急了。"杨葛亮做了一个请的动作。

就在高云山走出囚室的一瞬,他听见黎观云的歌声:"妹妹采茶去,春光里多艳丽,这蓝天和白云,是人生的意义;妹妹采茶去,如果还能够,让我遇见你,一起采茶去……"她气若游丝,越唱越低,低得像是灵魂抛离身体而去。这是高云山和她校园相识时唱的歌。高云山定住了脚步,他知道她认出了他,她心里一直都有他。

裘利小声道:"杨长官,断气了……"

高云山像是被一记大铁锤猛地锤中了心口,他支撑着,淡若无事地提脚出了门。

屋外阳光明媚。

黑暗却席卷而来。

风过檐底,天旋地转。

高鹤松在鹤庐的门口站了将近五个小时。

当他看到儿子拖着蹒跚的脚步慢慢向家的方向走过来的时候,他眼睛湿润了。

儿子的的确确是完好地回来了,但他的灵魂却已受到巨大损伤。他能感觉到,高云山内心那一片仰望苍穹的洁净之地,已被人用力践踏而不复存在了。

高云山像是被抽走了灵魂,有一阵他特别想哭,他想起了在北平的校园,想起了日夜对她的思念,想起了她送他的一个记事本,想起了她的辫子,她的小皮鞋,她的歌声……他的泪水在眼眶里狂跳,他用力忍着,他知道自己连眼泪都不能垂落。这要用多大的力量才能抑制这么庞大的悲伤,这大

南京先生

街左右,有着无数双眼睛盯着自己!

他感觉喉咙里都是血腥的味道,他把自己的指甲深深掐入了手掌的肉里,他捏紧着拳头,忘记了放开。

雨下了起来,淋湿了他的头发、他的面庞、他的肩膀、他的躯干。雨点像是有千斤重,压得他窒息。他满心都是刚刚黎观云的眼神,他没法对她作最后告别,他甚至到最后都不能向她表白心意。

她临死却是用那种看待叛徒的眼光来看他!这眼光里有恨!有悔!有失望!有遗憾!有眷恋!有回忆!这种眼光足以挖心锉骨!他该怎么解释?作为一个无神论的青年,他此刻只想能有下一世,能给他一个解释的机会。

雨突然下大了,雨水流过他的脸庞,他冷漠着仍然像是一尊石像,可是他眼角的泪水却喷薄而出。

雨水掩盖了他的泪水,他终于哭出来了,他面无表情,没有哭声,只是流泪。仿佛这一滴泪流过,就能向黎观云解释自己的处境,就能把一直没有表露的话语都说给她听,就能拯救此刻在地狱里受穿行折磨的自己。

这一刻,世界是盲的、哑的,天旋地转。空气里只剩黎观云最后的歌声。

多亏了这场雨,否则他连哭的机会都没有。这大抵便是上苍给他的最后怜悯。

这乱世的情感,遗憾之事,十之八九。有些话如果不说,那就真的要等待很多世了。待到他日重逢,想必君生我已老,这隔出去的岁月,不知道要轮回多少次,才能碰得上?

高云山终于走到家门前不远,高鹤松迎了上去,徒弟付世龙打着伞,雨滴激烈地在伞面上跳动。毋庸多言,父亲永远能感受到孩子受到的委屈和伤痛,他给了他一个拥抱,挡住了所有人的视线:"放心孩子,我们一定会胜利。"他悄悄给儿子擦干脸庞,那不知是泪痕,还是雨痕。

世间最痛的事,焉复有之?

二十五

北平的秋天是最美的秋天,高云山班里曾组织过一次秋游。

他们从锣鼓巷子出发,走了约莫半天,方才抵达秋游的终点,城西面的香山。彼时香山枫叶正红,层林尽染,所有的年轻人都看得醉了。

香山北侧,西山余脉,有一处园林式禅院,名曰碧云寺。1925 年孙中山先生逝世后,曾在该寺后殿停灵,而后该寺后殿改为孙中山纪念堂。1929 年孙中山先生遗体迁葬南京后,此殿还留有衣冠冢。

碧云寺里松柏合抱,草地青青,暮鼓晨钟,古刹沉静。

鲁川江、高云山等人带着同学们游览了香山,又前往游览碧云寺。

当天的阳光很好,在这支秋游的队伍里,有男有女,朝气蓬勃,青春洋溢,自由的思想和健康的躯体融合得如此恰如其分。

当然,在这支队伍里,还有高云山默默喜欢着的黎观云。

黎观云梳着马尾辫子,穿着素色的绵绸上衣,菱花格子的裙子,脚上是一双不怎么新的皮鞋。她在队伍里边唱边走,她的歌声是如此好听,让人忘记了走路的疲倦。

年轻的高云山真想这山路永远走不完,可以一直听黎观云的歌声。那个时候真好啊,最好的兄弟鲁川江就在近侧,而最喜欢的女子,只需要一回头就可以看见。

碧云寺的白色塔林在林间显得尤为醒目,寺匾相传为乾隆手书。诸人抵达碧云寺时,太阳已经过了午。通往后殿的石阶太多,高云山走在最前面,蓦地,他听见一声钟响。钟声如落入平静湖面的石头,水波徐徐散开,洗涤人心。

高云山闭上眼,整个人感觉到一阵空灵。这一刻,红墙白塔之畔,他犹如洞见人生之谛。佛殿香炉上的蜡烛阵在随风摇曳,他顿觉生命之短暂,人生岂非就如这燃烧的蜡烛么。

蜡烛的火苗摇曳得更厉害了些,风穿过树林,沙沙沙。

高云山感觉周围安静了一些,他意识到黎观云的歌声已经停了。他回过头去,只见台阶之上,空空如也。

黎观云不见了。他用目光在人群中搜寻她，却一无所获。他突然内心狂跳，感觉自己永远也找不见她了，见不着她了。

他急了，跳下了台阶，问鲁川江可有见过黎观云。鲁川江一脸茫然，谁？他又问身边的同学王文忠，可有见过黎观云，黎观云哪里去了？王文忠也是一脸茫然，谁？

"怎么回事？你们怎么了？"高云山急得团团转，他抓住刘学恒的肩膀，他拉起罗本初的袖子，他冲余伯亮大喊，"黎观云呢？同学们，你们见到黎观云了吗？"

"高兄，你是怎么了？你没事吧？"

"谁？黎观云是谁？"

"高兄，你别吓我，我们这儿没有这个人！"

高云山感觉头皮发麻："刚刚就在这里！她刚刚还给我们唱歌，你们怎么就忘记她了？"

鲁川江拉住了高云山："高兄，我们回去吧！"

高云山喊："不！我不回去，我要找黎观云，我要找黎观云。"

王文忠、刘学恒、罗本初、余伯亮……所有的人围了上来，每个人都变得面无表情，他们伸出手，按住高云山："走！我们回去！走！我们回去！"

声音越来越大，简直要震裂高云山的耳鼓。高云山矮下身来，抓着地面上的树藤，他死死不能松手，我不走，我要留在这里，我要找到黎观云！

同学们的力气越来越大,高云山感觉自己手一松,被向后拖去,他被拖进了一个黑色的深渊,一刹那,同学们不见了,寺庙不见了,山林不见了。他哭喊着,喊着黎观云的名字,他知道再也见不到她了,再也听不到黎观云的歌声了。

这三千佛法,却也不能在深渊中拯救他。

高云山哭喊着,从床上坐起。

他已经很久没回家了。他终于躺在家里的床上睡着了。

这是他熟悉的屋子,熟悉的海棠花丝绸织被子,熟悉的檀香在香炉里袅袅升起,他看见了熟悉的身影。父亲高鹤松正默默坐在一旁,眼神里满是疲倦,也满是关切。

"二伢子,你醒了!"高鹤松顿了一下,缓缓道,"这是后厨秀草姨给你做的吃食。"

高云山不用看,光用鼻子就能闻出味儿来,麻薯、鸭方、牛肉饺……他忽然道:"父亲,您已经知道我不是二弟了?"

"我当然知道。"

"您上次让青田带来孝陵密点的吃食,那并不是二弟从小喜欢吃的几样,而是我的。"

"是的,这天底下,哪里有认不出儿子的父亲。"高鹤松叹气道。

高云山道:"我看到您让青田带来的吃食,我就明白了一切。"

"大伢子,明白了什么?"

高云山扑通一下从床上滚了下来,他抱住父亲的腿,抽噎起来:"您辛苦了,您忍辱负重!"

高鹤松忍着眼泪,摸着他的额头,就像是小时候一般,缓缓道:"你二弟牺牲,我是知道的。"

"是,您必定心痛极了。"

"那些天,真是好难啊,我感觉天已经塌了,简直痛不欲生……"高鹤松用力吸了一口气,"我想告诉你,儿子,这种痛不欲生的感觉,我也经历过,我知道你现在的心情,但是,我们没有时间去悲伤,我们唯有将悲伤化为力量,我们还要坚持到完成任务!"

高云山沉吟半晌,道:"这一切是您的主意?"

高鹤松仰头看了看屋外,道:"不,是徐希贤书记的提议,是组织的决议。"

高云山沉吟了一会儿,忽叹气道:"我们一直不理解您,您一直背着骂名。"

"这是革命,这是抵御外侮啊,你们小时候,老爹都教过你们些什么?"

高云山正色道:"父亲教的,好男儿顶天立地。"

高鹤松道:"顶天立地,好个顶天立地,这四个字,说起来容易,做起来难。便说这区区名节,你管别人说你什么,你自己知道自己在做什么,就行了!要别人多做什么理解?"

南京先生

高云山道:"父亲!"

"大伢子,你老爹这些年很想你们。"

高云山又喊:"父亲!"

他站了起来,抱住了父亲,他发现父亲已经没有一丝黑发了,他额头全是深深的皱纹。高鹤松拉住了高云山的胳膊,他用力握了握儿子结实的肌肉。

"我们一定会胜利!"

"是,一定。"

已经不用多说了。父子之间还有什么需要多说?

高云山已经明白了,高鹤松早就知道他要代替二弟来接受征募。

高鹤松的身份,已经不用向他隐瞒。

1937年国难之后,日本人占据南京,高鹤松以其得天独厚的本地条件,返回南京,重开鹤庐饭馆。彼时,日本人大兴宣抚政策,希望能以华制华,高鹤松领命贴靠日本人,将计就计。他背负骂名,率先充当日方的宣抚代表,实则周旋于敌,或保护要人,或营救同志,或传递经费,或笼络日伪政要。由于他的长袖善舞、善于伪装,硬是用一手淮扬菜,撬开了一条潜伏救亡的道路。

代号"南京先生"的高二郎,实际上就在高鹤松眼皮底下。他觉得二儿子很近,可是又觉得很远,他不能和他相认,这一切,都是为了彼此的安全。这三五年来,他每逢佳节,都让秀草姨做些两个儿子喜欢的吃食。他独自一人在房间，倒一杯白酒，喝一壶白茶。他盼望着有一天，把侵略者都赶出去，把所有血仇都报了，他终究可以站在阳光之下，迎接自己的儿子归来。

外面都说高鹤松是汉奸，狗屁宣抚代表，用钱来买南京人的良心！他和侵略者做朋友，讨好他们，伺候他们，是为了保存有生力量，也保护开展地下工作的同志。

高鹤松长出了一口气，他真害怕自己到了进黄土那天，也不能向儿子澄清自己的苦衷，可是上天给了他一个很折磨、很残忍的选择。二儿子高二郎牺牲了，而彼时高鹤松正在运筹着一项非常重要的任务，特务已经查出了他和"南京先生"的关系，怎么办？他报告组织之后，请求帮助。组织经过周全思虑，决定让高云山代替高二郎，完成敌人对他高鹤松的测试，从而表明"忠心"，以换取胜利时机。

高鹤松当场就表示了反对："已经牺牲了一个儿子，还要把大儿子牵扯进来？"

徐希贤书记告诉他："高云山是优秀的新四军战士，组织上对他的任务有更多的考虑，当然，这件事还应该征求高云山同志自己的意见！"

阴差阳错之下，高鹤松父子终于有了短暂的团聚，在这乱世之中，这般相聚太难太难。二人短暂亮明身份和下一步工作打算，便不敢多说，怕隔墙有耳，速速收敛了心神，坐下

南京先生

吃饭用茶,小声细聊。

高鹤松此前运筹的重要任务到底是什么?正是尾野收到的那条"梅山有矿"的密电。

高鹤松蘸了点酒,在桌上写下四个字:"地龙计划"。

杯中的酒沾上桌面,立马起了一道醇厚的甜香。这酒是他藏在院子酒窖里的,他起初就想用高二郎的代号为之命名,叫"南京先生"。待高二郎从敌营潜伏归来,父子团聚之时才启封。

高二郎没回来,高云山回来了。

高云山看着桌上的四个字,思绪沉浸到了昔日率队阻截津浦列车线路的战斗之中。

"梅山储铁属实,勘探人员三日将至……"尾野收到这份情报的时候,日本勘探人员已经登上了津浦列车。

梅山是南京城外的第一山,相传有大量铁矿储备。日军飞机低空飞过时,仪表盘曾受过干扰而摇摆不定。

高云山问:"据说来的勘探人员系日军最高技术专家。"

"岂止是日军最高技术专家,放在日本岛内,也是地质学问的首屈一指。"

"他们已经到了?"

"到了,日军用了九牛二虎之力,把他们安然送达了。"

"按照时间推算,他们这些日子应该已经完成勘探了。"

高鹤松道:"对,他们还要进行最后一项周边地质采样。"

高云山道："这是勘探的收尾工作？"

高鹤松缓缓道："是勘探完成后的研究工作。"

高云山问："如果他们已经收尾了勘探，那后续会怎么样？"

高鹤松道："接下来，会根据研究报告，设计工程位点，假以时日，梅山将会重兵把守，建起重重地井。侵略者的贪婪将会深深吸榨我们这片土地下的矿产资源，而这些储铁，也将化作军工的材料，打向我们的战士！"

高云山沉吟道："梅山储铁一旦被控制，日军便可以源源不断地压榨属于中国人的自然资源，并用控制在手的铁路，或运往作战前方，或运往海滨轮渡，掠夺搜刮而去！"

高鹤松点头道："你在北平所学，自然知道兵工制造的重要性。"

高云山黯然，他想起了北平，想起了黎观云，他伤感道："我只恨我之所学，未能将侵略者通通击毙！"

高鹤松道："我们一刻都没有停止过斗争，地下的同志被抓捕、被杀戮，可是我们的信念却一直燃烧着，黎观云同志也一样！孩子，你现在做的，正是保卫这属于中国人的火种！"

高云山不说话，看着高鹤松，只听父亲继续道："为了勘探这座梅山储铁，日军派出七人科学小队，代号'地龙计划'，直接受天皇任命，赴南京城外开展工作，彼时负责警戒的乃是尾野荒村……我周旋于他，便是要设法从各种渠道搞到这

南京先生

勘探小队的底细,勘探进度、设计方案,特别是营地警戒换防规律!"

高云山讶然道:"便是在这关键时刻,杨葛亮盯上了父亲您。"

"对,盯上了我,还查到了'南京先生'高二郎就是我子。"

"青田这伪君子献计要父亲来征募二弟,并非好意!"

"侵略者哪里来的好意,反战、乡愁,不过是人心自有的两面情愫而已,甚至对中国文化之仰慕,也不过是对自己侵略行径之遮羞。他们亲近我,不过是宣抚我,然后让我宣抚他人,这些亲近,也是为侵略服务罢了。"

高云山沉声道:"父亲一针见血。"

"我在南京根基已深,与汪伪、日方高层均有往来,鹤庐已然成为一处敌内堡垒,我若失功被破,损失弥大,徐希贤书记请示再三,便定下了'兄代弟及'之计。你自然要以归正者身份,在这汪伪政府里钻深爬高,坚持到胜利,你可做好了一切思想准备?"

高云山不言语,举杯洒地,敬牺牲的同志高二郎,敬牺牲的同志黎观云,那滔天的巨恨,就全部压在心里,待到时日到了,再还给侵略者!

"很好,很好,不愧是我高鹤松的儿子。"

"父亲,那您现在摸清'地龙计划'了吗?"

高鹤松半阖了眼,道:"摸清了,明日就要见分晓!"

高云山把点心吃食一扫而光，他饿了，他要留着力气对付敌人，斗争马上就要进入白热化了，杨葛亮一定不得好死！

蓦地，高云山想到一事，他突然抬起头，问父亲："后厨的秀草姨，找到她的儿子了吗？"

高鹤松道："没有，多半在1937年那个夜晚，已经战死了吧。"

高云山兴奋道："父亲！二郎的剧本里，记载了一件未酬之事。"

高鹤松问："何事？"

"1938年至1939年间，南京城内发生多起日军官兵被暗杀的'无头案'，这其中有一起惊天大案，乃是'南京先生'召集部属发起之行动！"

"那与秀草姨何干？"

"刺杀日驻华使官，九死一生，执行任务的一名部属曾将一枚扣子交给同伴，声言此扣子乃是国难日反抗战死的一名战士所留，委托其寻找母亲。这名部属此去执行刺杀任务，他若是身死，就请同伴代为寻找扣子的母亲！"

高鹤松叹道："常说斯文方为先生，这南京城骨子里的大信、大义、大勇，又岂不谓之先生？"

高云山道："是了，忠人之事，可谓之'先生'，这位先生，名叫江胜。"

"西善桥算命的江瞎子？"

二十六

鲁川江带着人正在梅山麓蛰伏,他带领着一支干练且精锐的小队伍,他们分散行军,在山林里边走边掩,避过南京城外的驻防日军,在天亮前集结到了目的地。

他和高云山搭档多年,向来得心应手,相得益彰。高云山离开后,他独自带领队伍,不免有些寂寞,不过这些都不重要,他现在非常兴奋,像是全身的血脉都被激发跳跃。

战斗了这么久,这还是第一次深入敌人腹地,对其开展偷袭。这危险系数很高,稍有不注意,就要被敌人包成饺子。

鲁川江这人,看起来大憨憨,高云山自北平念书期间就叫他大傻。可是他临危素有急智,平时也多点子,单就在缺弹缺枪的条件下,他参与设计铜片铸弹底方案,就可见其专业水平,不亚于高云山。这两人,一个大傻,一个书生,一点儿都看不出是学兵工出身!

鲁川江带着工兵在树林里悄悄埋线,他手下有个工兵叫黄道田,外号黄二蛋子,这年轻孩子对于颜色分辨有些问题,会把红色和蓝色的线搭反。有一次,黄二蛋子跟着去炸列车铁轨,将线搭反,列车过去后炸弹没反应,幸好鲁川江设计了第二道起保线,直接给他做了补充。经过那次失败,鲁川江和高云山没有责怪他，共产党的队伍有着最诚挚而朴素的情感，他们把黄二蛋子留下，还给他设计了一套独有的辨别线路的方法。

今天清晨的任务可不像以往那样，在敌我交界的地方搞点奇袭。这次任务危险得多。所以，鲁川江在征募敢死队的时候，他内心是忐忑的。他让士兵都列队，报完数，他说："各自都报一下，家里都有几口人、都有谁。"

所有士兵都不说话，大家都知道鲁川江的意思，他想的是，谁家里有老父老母的，就不要去了。他本来内心颇为感慨，想着自己都要把自己感动，可是你们这帮小王八蛋，怎么不按常规出牌。

黄二狗蛋第一个站了出来："我去！"

"我去！""鲁队，我去！"……声音此起彼伏。

鲁川江一拉帽子："我去，你们这帮崽子……"他转过身，眼角含着泪。

这次的任务很直接，在梅山脚下偷袭敌人，歼灭执行"地龙计划"的七人勘探小组。根据高鹤松的情报，这一次七人小组外出采样，离开大本营驻地颇远，随行警戒因为某些内部派系间的利益倾轧，出现了一次小小的真空，而七人小组居然不管不顾地想外出借机游览！

而高鹤松的情报最为准确的地方在于：其中一名成员身上，还带着梅山储铁的勘验实录，要是能缴获它，其重要性不言而喻。

在汇总前前后后所有情报后,党组织评估,梅山储铁一旦出世,将很快成为日军兵工的支撑,变成打向我们战士的子弹、炮弹,其势严峻!而此番"地龙计划"一旦受到重创,日方将很难在短时间内再组织如此高水平的科学勘探。

徐希贤书记星夜传信,与罗参谋长相见。梅山储铁属于中国人,属于南京!机不可失,把"地龙计划"给摁住了!

高二郎殉职、高云山入局、高鹤松周旋于敌、鲁川江犯险,这多般流血和忍辱、伤痛和沉重,无不是为了这一重要目标。他们不知道的是,在许多年后,梅山储铁将改变时代,他们只知道,这些属于中国,属于后世子孙。

天一黑,鲁川江带着人出发了。问题是,这一场奇袭深入敌人腹地,一旦炸爆,敌人主力倾巢而出,快速形成合围,仅有一股敢死队的兵力,该怎么撤退?

而与鲁川江同样面对战斗危险的,还有高鹤松和高云山父子。

"杭州盐业银行,78号柜,六月初二……交通银行南京路汇兑所,9号柜,七月十七……金城银号宁波分号,16号柜,八月初一……"

一张写满勾勾画画的纸交到了尾野荒村手里。

尾野和青田已经核对完了所有的关于"雨花石"经费的信息,得出的结论是,高云山所言无虚。所有高云山交代的银行和柜号、存取时间,都一一被证实,确系进行过无接触式经费递补。

问题变得简单又复杂,谁取走了钱？谁是"雨花石"？那神奇的算命先生江瞎子在上次吃饭临别时，留下了一个卦语，意指内鬼就在尾野的身边。

尾野决定再吃一顿饭,就像之前那样,把所有疑问都摆出来。仿佛只有吃,才能缓释他紧张的神经。

又是一桌淮扬菜：软兜长鱼、清炖蟹粉狮子头、三套鸭、水晶肴肉、松鼠鳜鱼、梁溪脆鳝、大煮干丝、平桥豆腐、碧螺河虾……

高鹤松是被半夜叫醒的,宪兵冲到了他家里,通知他明天早上尾野先生就要来吃饭。

高鹤松看着菜单,犯了疑惑："早饭,还是午饭？"

"早饭！菜单已经开出来了,高老先生亲自下厨吧。"

高鹤松和高云山相视一眼,盘算了下时间,鲁川江此刻已经出发了,明天清晨就将袭击七人小组,尾野偏要明天早上来吃饭,还吃一桌子午饭晚饭的菜色,他这是什么意思？

高鹤松也不敢多问,他赶紧收拾,醒醒睡眼。其实这晚,他和高云山都没睡——这么关键的夜晚,怎么睡得着？

夫子庙的燕子刚刚飞上枝头,鸡鸣寺的鸡还没叫,月亮在南京城外古墙上挂得稳稳当当,高鹤松就开始下厨了,他旁边站着儿子高云山和徒弟付世龙。高云山第一次这么认真观摩父亲出神入化的手艺,而付世龙明显已经技痒且跃跃欲试。

天还没亮透,尾野就已经到了,一桌子饭菜的香味已经飘到了左邻右舍。饭桌旁坐着青田和杨葛亮,还有高鹤松、高云山。江瞎子正在被邀请来的路上。

这么早叫过来吃大餐,动动脑子想也能知道事情不简单。

大家开始动筷子,尾野吃了几口菜,他端起了白茶,呷了一口,开宗明义:"今天这顿饭,是鸿门宴,几位都算得上是皇军的朋友了,现在我面前有一道难题未解,需要诸位相助。"

青田宣读对高云山的认定:"高二郎先生,自归正以来,主动交代线索,检举立功,助我屡破案件,经集中认定,其归心可鉴,又复提供重要情报,剑指魁首……"

杨葛亮听得脸上一阵白,这家伙看来很快要成自己的强劲对手了。

只听青田又道:"'雨花石',打入南京内部至深,其危害深……"

尾野让青田拿出了一张清单,青田开始控诉军统在南京机关里通过打入"雨花石",开展一系列情报活动,对东亚共荣伟大理想造成损害,"如斯人也,必得揪出,必须惩处,以震慑来潜之敌,且不得有征募归正之路……"

尾野有意无意瞟了眼高鹤松,眼神里的杀意和得意掩饰不住。高鹤松被看得心中一凛,这帮日本人又在打什么坏主意。

　　紧接着，青田甩出一个厚厚的牛皮纸信封，信封上打着火漆，右上角用日语写着"报告附证据清单"，后注"呈'中国派遣军'宪兵司令部"。很明显，这信封里的清单，必然附有一份详细报告，且该报告已经过宪兵司令部呈驻军高官签署审阅。

　　这是一份什么样的报告？所有人都盯着桌上的信封。

　　尾野把桌上每样菜都吃了一遍："可惜，真是可惜，高鹤松，你的手艺要是失传了，该怎么办？"

　　这话把高鹤松问得一寒，他强自镇定，说："我儿子已经归正，我随时可以调教我儿子手艺，况且我有一爱徒，乃是得了真传，莫非尾野先生今天没有尝出异样？"

　　尾野皱起眉，又夹了几口菜："这难道不是你做的菜？"

　　高鹤松微笑："只有一两样是我做的，其他都是我徒弟付世龙做的。"

　　尾野展开了眉："这是得了真传，看来你死或不死，这正宗淮扬菜以后也能吃到！"

　　这话就有点玄机了，高鹤松也不回避："尾野先生此话我就当是好意，高老头活得腻了，晚年还能和儿子聚首，已经无憾。"

　　尾野说："高鹤松，你敢不敢打开这信封看看？"高鹤松沉吟了片刻，高云山伸手就去拿那信封，身正不怕影子歪，我父子俩有什么不敢看！

高鹤松挥起手中筷子,打中高云山的手,他吃痛缩了回去。高鹤松忙道:"尾野先生是和我说话,却不是和你说话,你刚刚归正,这些规矩,以后慢慢教你。"

尾野笑了,他摸了摸自己的佩刀,寒气正盛,又转头看向杨葛亮:"葛亮君,那么你呢,你想不想知道这信封里是什么东西?"

杨葛亮不敢和他眼神相对,低头看着桌面上的信封。

青田说了一会儿话,觉得饿了,提起筷子大快朵颐。

与鹤庐充满美食和诡秘的早晨相比,鲁川江那边的早晨已经天亮了。

阳光洒向了梅山麓,青草上挂的露珠像星星、像泪珠,也像闪烁着的情人眼睛。清澈透净的溪水像凝结了的玛瑙,云和光的彼端流淌成了幻境。

鲁川江抬头看了一眼天角的亮光,这么好的天气,今天却要干仗。他抓了一把身下的泥土,闻了闻,泥土很香,这是属于中国人的土地,这土地之下的储矿也是属于后世子孙的,决计不能让敌人得逞。

他深知此行意义重大,全然不得有半点马虎,他脑子里闪过一个念头,要是高云山还在,就好了,这么振奋人心的战斗,怎么能少了自己的好兄弟? 他不知道的是,他的好兄弟,一直都在和他一起战斗。

鲁川江清点了自己背后的战士,大家在丛林里把自己掩护得颇好。工兵黄二蛋子已经完成了狭长小道的布线。一辆载着日本士兵的巡道车从山道里开了过来。鲁川江一抬手，所有掩蔽起来的战士都屏息静气，放它过去，不要和巡道车发生交火，会惊动随后而来的目标——"地龙计划"的七位勘探人员。

巡道车过去约莫数分钟，山路的转角处又响起发动机的声音，两台轿车，轿车背后还跟着一台警戒车。

得来的情报很准，连对方乘坐的车辆都完全摸清了。第一台车上三人，第二台车上四人，一共七人。

车辆缓缓而来，从小筒望远镜里，鲁川江看到轿车上的人。核对无误，与情报一一匹配。

当第一台轿车行进至离鲁川江只有数百米时，鲁川江一挥手，工兵拉响了起爆装置。只听轰的一声响，第一台轿车在弯道里被炸得侧翻，第二台轿车刹车不及，重重撞了上去。押后的警戒车刹停，几名日本兵冲了下来。

鲁川江提起枪，看了看后面的年轻人，他心中默默掐了个时间，这是他们可以偷袭并且撤离的安全时间，这时间并不多，等日军支援过来，他们这十几个人，谁也走不了。他想起和高云山离开北平时所见之夕阳，二人内心同念临别赠言：若有其日许国捐躯，请兄不要悲伤，他日重回象园，见着湖水波澜，那晚霞再次金光闪闪，便是我回来见兄。

鲁川江心中默默自言自语，高云山，二傻兄，我战斗

南京先生

去也!

保卫梅山铁的情报战,一直都在打,打到现在,终于从暗战汇合到了明面上的斩首行动,战斗打响了。

拉动枪机声、呼喝声响起,一场异想天开又精准到位的奇袭开始了。

筷子声、咀嚼声不停,高鹤松正在鹤庐周旋着尾野,鹤庐的局势起了变化。

尾野和青田吃饱了,该摊牌了:"来聊聊'雨花石'的事吧,'南京先生'给'雨花石'递补过几次经费,谁用异地交接的方式,领走了经费?"

异地交接经费的网络已经被尾野查清楚了,负责去领钱的人,每次也都不同,分别使用了不同的身份和印信,显然这是"雨花石"不愿意直接出面,到银行柜台露脸,他雇人或者差人前往,意在形成多一层的掩护。这人可真够精明的。

尾野拉开一张大网,把所有受雇取钱的人都摸了一遍。其中一人被银行柜员认了出来,很快这人便落入青田手里。根据此人描述的雇主的身形样貌,青田得到了一张画像。

青田提出了一个疑问:"受雇的人在杭州、宁波、上海等地取钱,那么是在哪里交给'雨花石'的呢?受雇者是回了南京把钱交给他,还是在异地就地进行交易?"

被认出来的这个受雇者坦陈了一事,那就是他是在宁波的一处咖啡厅和雇主进行了交接。

这是个挺关键的信息,"雨花石"在交接经费的前后,离开过南京!

青田拿着那张画像,看了看高鹤松,这分明不是高鹤松嘛,画像里是一个精神的年轻男人,戴着眼镜,留着胡子。

高云山提供了一个很重要的线索,"雨花石"也是从重庆归正过来的,而且归正的时间很早。

那就简单了,查出行信息!

条件一:早年从重庆归正过来。

条件二:年轻男子,戴着眼镜,留着胡子。

条件三:六月初二,到过杭州。

条件四:七月十七,到过上海。

条件五:八月初一,到过宁波。

条件六、条件七……

尾野忽然转头看向了杨葛亮:"葛亮君,不幸的事发生了,您能解释一下,为什么这几次'雨花石'异地取款时间,您都不在南京城?您干什么去了?"

杨葛亮竟然被怀疑了。他做不出解释,因为这些钱确确实实是他领走了!

争辩开始了!生死攸关的争辩。

"为什么你要放风出去让军统来刺杀归正的高二郎,你在怕什么?""为什么你破获'野蜂'牵连出'南京先生'的时候,却不及时向特高课报告?""为什么你每次报告都是全部扫清了内部的鬼,哪里是全部? 分明是敷衍!"

这些可以解释的小心思、小聪明,突然在他领走"雨花石"经费的问题面前,成了不可解释的疑点!

杨葛亮慌了,他大声分辩,原来这场鸿门宴是冲着他来的。

尾野荒村抬头看了看天花板,上面刻着各种山峦河流:"杨葛亮君,我是不是之前就说过,聪明反要误了卿卿性命。"

杨葛亮提高了音量:"我不是'雨花石'! 根本就没有'雨花石'!"

尾野阴着脸,青田甩出了所有的证据,杨葛亮的用车记录,杨葛亮的列车票记录……你去了上海,你去了宁波,你也去了杭州! 时间都能对上!

杨葛亮慌了,高云山看着他,像是看着垂死的蚂蚱。

高鹤松看了看时间,鲁川江应该得手了。

尾野尚未说话,一名日本兵跑上楼来,向他报告,宪兵司令部急召尾野回去,那"地龙计划"已然出了重大事端。尾野细问传令者,方知就在清晨之际,梅山麓下,竟遭新四军的奇袭!

那传令者用日语向他汇报:"勘探成员七人殒命,勘探手册被缴,对方阵亡两人,其余敢死队员全身而退。"

青田道:"好大的胆! 好准的情报!"

尾野荒村立了军令状,和勘探小组共存亡! 他侧头看向杨葛亮,怒道:"你还有何话可说!勘探小组的警保方案,76 号南京区大院里你是经手人!"

高云山强压住自己内心的激动,他知道杨葛亮已经被逼上了绝路。他熟读徐希贤书记的本子,知悉这些敌人的秉性。

黎观云是从事地下工作时被捕的,杨葛亮手里还有很多捕获的地下同志,他从叛徒手中得到一份学生党员名单,他已经把名单交到了特高课尾野手里,正做着升迁的大梦……外界都说杨葛亮不过是日本人的狗,他却少对人提及,就算是条狗,也要壮大一点,成为扑咬的狗,而不要当被主人抛弃宰吃的狗。

马上就要见分晓了,高云山感觉自己手都在抖,他握紧了桌沿,感到自己异常兴奋,鲁川江好样儿的,这最后一根稻草足以拨乱局势。尾野和青田对望一眼,勘探小组出事了,"雨花石"要是没查清,怎么给上头交代?

尾野盯着杨葛亮:"杨葛亮你他妈自作聪明,你必须死!"

杨葛亮浑身都在抖,他抽出配枪:"高鹤松,你才是……"

"啪——"枪响了。

高云山猛地掀翻餐桌,顿时场面混乱,杯盘狼藉,他一把推开父亲高鹤松。

青田大骇,急忙躲入角落。杨葛亮一枪不中,旋即又要继续开枪。尾野抽出佩刀,大骂八嘎,他军靴踩中地上洒满的汤菜,竟然溜倒。

南京先生

高云山向杨葛亮掷出瓷碗,他盛怒之下不及闪避,被打中额头,鲜血汩汩而出,遮住半边视力,他手足乱舞,配枪胡乱击发。角落中的青田,大呼一声,头颅中弹,便没有了动静。

尾野大惊,这杨葛亮是失心疯了,他忙呼叫门外卫兵。

高云山冲上前去,夹手夺过尾野的佩刀,他迎面而上,杨葛亮的枪口已经对准高云山,他用力扣动扳机。

"不要!"高鹤松大喊,难不成自己真要再牺牲一子?他闭上了眼睛。

高云山冷笑以对:"数过了,你子弹已尽。"

尾野的佩刀从前到后,直直穿过了杨葛亮的胸口。

从一桌淮扬菜开始,以一桌淮扬菜结束。

二十七

第一个春夜到来的时候,南京城里起了一阵风。

白日里,莫愁湖的花开得繁茂,白玉兰和黄花风铃木都次第而开。

鸡鸣寺的樱花倒是开得最久,正黄色的院墙打成底色,衬着粉白的花瓣。白日里绿芽的新叶扑面清新,风吹过后,樱花如雨,飘到玄武湖,起了粉色的波浪。

夕阳赶走了游人,夜色掩映湖道的园林石雕,更添丑奇之逸趣。

夜画舫上有人语声沧桑,念起一首诗来:

金陵夜寂凉风发,独上高楼望吴越。

白云映水摇空城,白露垂珠滴秋月。

月下沉吟久不归,古来相接眼中稀。

解道澄江净如练,令人长忆谢玄晖。

这诗刚刚念完,画舫的另一头,已经有人快步走向了船头。船头挨着船头,趁着夜色,人影已经换到了另一艘小船之上。

水波徐徐分开,乌篷的鱼儿游向水道深处。那里孙氏曾操练水师,那里魏晋名士曾聚集风流。

一份关于特务头子李士群与日本主子决裂的信息便传了出去。当汉奸特务的,总归没有什么好下场。

徐希贤书记接到源源不断情报的时候,不免笑了,这接头的暗号似乎长了些。

只有鲁川江知道,这是高云山在北平的告别诗。

他给自己斟了一小杯酒,正慵懒地躺在画舫柔软如雪又如月的软垫上。自他替尾野荒村干掉了"雨花石"杨葛亮,便成了归正以来最大的功臣,他在父亲高鹤松的协助下,迅速从培训课长岗位移步到了要害部门。

南京先生

杨葛亮被坐实成了"雨花石",是一个庞大的局。那些钱是他勒索高鹤松的,他一直捕风捉影,怀疑"南京先生"和高鹤松有关联,他多次用高二郎的事来勒索高鹤松。高鹤松每次都就范了,他向杨葛亮提出,事关儿子身份和高家老小性命,不如我把钱财给您存在异地?

　　复盘全局,徐希贤给高云山布置的任务是伪装成"南京先生",接受父亲的征募,以保护父亲"雨花石",并破坏"地龙计划",他需要除掉汉奸杨葛亮,速战速决,以防身份暴露,随后继续潜伏下去。

　　高鹤松的面前是鹤庐的糕点。鹤庐的糕点出自秀草姨之手,那可怜又坚强的母亲,终于在一个不甚特别的日子,找到了自己的扣子。

　　高云山去见江胜的时候,心中也是惴惴。江胜眼睛虽然瞎,可是心却没瞎,他听出了高云山不是高二郎,可是他却也听见了高云山的灵魂。

　　江瞎子和周拐子曾追随军统南京要员,立下滔天功业,成功刺杀日伪高官。

　　当高云山向江胜伸出手时,江胜将一枚扣子放到了高云山手里,他知道高云山已经找到秀草姨了。江胜长叹一声,妙哉,我受人之托,今日心愿已成。高云山提议转移江胜,顾阿四也很想他。

　　江胜摇着头,挂着那沉重的乌木拐杖就出门了。数日后,传出尾野荒村遇刺的消息，江胜以盖世之力，和尾野身边的冷血杀手裘利火并，最终击杀裘利，重创尾野。

高云山饮了一杯酒，这事他曾多方打听，唯独没了江胜的消息，他大抵是殉道了。他把扣子交给高云山，便追随高二郎去了。

那远去的小乌篷上端坐着少年顾阿四，他已经不止一次替高云山传递情报了。这周拐子的徒弟，飞檐走壁，却在列车顶上被高云山所救，他曾立誓要悄悄照顾江胜。江胜殉道去了，顾阿四也找到了自己的路。

这酒入口中颇为甜顺柔绵，如巍巍钟山氤氲的云气回味无穷，乃是高鹤松窖藏之物，本打算等高二郎回来相认，便以其代号"南京先生"名之。

高二郎回不来，高二郎却也回来了。

蓦地，远处响起了一阵女声，有人在唱歌。这歌声温婉而悠扬，穿过了江南的桑叶、海棠、樱花、梨花、风铃木、白玉兰。

这歌曲颇为熟悉："妹妹采茶去，春光里多艳丽，这蓝天和白云，是人生的意义；妹妹采茶去，如果还能够，让我遇见你……"

高云山看着天上的月、江里的月愣愣出神，他唱了两句，不觉已泪流满面。世间唯说斯文者为先生，而这南京城之气节风骨，信勇义诚，同赴国难，担当民族气节者，岂不为"南京先生"乎？

　　　　　　　　　　　　　　　　　南京先生